주홍색 풍금

주홍색 풍금

양민교 에세이

현대문학

| 머리말 |

여기에 오랜 세월 동안 쓰여진
아프고 시린 이야기가 있습니다.
그렇지만 깊은 속을 열어보면
아프고 시리기보다는
사랑과 희망이 숨쉬고 있는
빛나는 삶에 대한 것들입니다.
이 글들이 작은 선물이 되어
외로운 분들에게
큰 희망을 줄 수 있기를 바랍니다.
이 책의 수익금 전액은
하나님 사랑 선교와 신학생 장학기금으로
쓰여질 것입니다.

은은한 미소

사랑하는 나의 이웃들

페루 미션

주홍색 풍금

어머니

은은한 미소

은은한 미소

얼굴은 마음의 창이다. 사람의 간판이다. 그러기에 잘생긴 얼굴을 가진 사람은 복을 타고났다고 할수 있다. 그러나 그보다 더 복스러운 사람은 얼굴에 미소를 가득히 담은 사람이다.

흰 사람, 검은 사람, 혹은 동양 사람 가운데 외래 진료실을 찾는 사람은 한결같이 모두 울상이다. 그 표정으로 자신의 상태를 확실히 설명하고자 하기 때문이다.

나는 어린 환자들을 대할 때 제일 먼저 함빡 웃어 보라고 한다. 그러면 그 아이들은 대부분 여러 번의 노력 끝에 억지로 웃음을 짓는다. 어쩌면 어린아이들에게 이것은 대단한 발견일 수가 있다. 왜냐하면 우리의 감정을 우리 자신이 스스로 만들어낼 수도 있다고 믿게 되기 때문이다.

그렇다. 우리가 마음의 평정을 얻고자 노력하면, 걱정·슬픔·분노·절망을 억제할 수 있다.

금세기 들어 급진적인 의학의 발달에 따라, 정신 세계의 활동을 화학적 작용으로 풀어보려는 노력이 상당한 단계에까지 이르렀다. 하지만 그러한 지식과 치료법이 발전했다고 해도 우리는 우리의 심정, 즉 마음을 다스리지 않으면 급변하는 사회·문화·환경의 변화에 이겨낼 수 없다.

특히 화를 잘 내는 사람, 지나치게 걱정이 많은 사람, 공포심으로 꽉 차 있는 사람, 시기와 분노가 머리끝까지 치밀어 있는 사람은 자신의 그런 감정 때문에 헤아릴 수 없는 낮과 밤을 지겨움과 고통으로 번민하며 지내게 된다.

그렇다면 우리는 어떻게 마음을 다스릴 수 있는 것일까?

먼저, 나보다 늘 남을 생각하라. 자신에게 쏟는 관심을 남과 이웃에게 베푸는 것이다. 이것은 복잡한 마음을 비우고 평정을 얻게 하는 가장 빠른 길이다.

도로변의 휴지를 줍는 작은 일부터 시작해서 양로원, 병원 등을 방문하여 자원봉사를 한다면, 어느

틈엔가 마음 깊숙이 스며드는 기쁨을 맛보게 될 것이다.

다음은 스스로를 단련하는 것이다. 참고 이기려는 정신적 노력은 육체적 훈련만큼이나 필요하다. 느슨해지지 않도록, 태엽을 감아주는 부단한 노력이 필요하다. 다시 말해서 적당한 긴장감을 가지고 삶의 질적 가치를 위한 추구에 신념을 다짐하는 것이다.

고등학교 졸업식 때 나의 친구가 적어준 다음과 같은 글귀가 있다.

'생활은 낮게, 이상은 높게!'

20여 년 전 빈털터리 상태로 유럽을 여행한 적이 있다. 그때 파리의 루브르 박물관에서 본 모나리자의 미소, 그 은은한 미소를 나는 지금도 잊을 수 없다. 우리 모두 그러한 그윽한 미소, 그런 미소를 지을 수 있는 사람이 되기를 바란다.

아름다운 삶

모든 것을 덮었던 흰 눈이 조금씩 녹다가 다시 얼어 온 세상을 수정같이 맑은 유리 들판으로 만들고 있다. 겨울 해가 높이 솟을 때까지 이 아름다운 풍경은 조각물처럼 화려하게 남을 것이다. 우리의 생도 이렇게 한갓 얼음 조각과 같은 것일까.

유사한 점이 있다면 분명히 그 짧음에 있다.

생각해보니 작년 겨울에도 이런 아름다운 풍경을 보았었다. 나뭇가지마다 앉은 눈꽃이 세상을 온통 반짝이게 하지 않았던가.

그렇게 지난 세월을 기억해보면 철마다 잊지 못할 것들이 생각난다.

예를 들어 봄을 생각하면 조국과 온 세계를 휩쓸

었던 대한민국, 그 우렁찬 함성. 지금도 쟁쟁하게 들려오는 그 환희의 소리. 조국을 세계에 우뚝 서게 했던 영광의 소리가 아니었던가. 부끄러워만 했던 지난날들을 한꺼번에 시원하게 지워준 월드컵 승리의 눈물이 떠오른다.

지난 여름 고향마을이 장마로 떠내려가 폐허가 된 땅을 바라보며, 함박웃음을 웃던 그 얼굴에 주룩주룩 눈물 흘리던 모습들이 생각난다. 자식의 학비 때문에 떠내려가는 소를 구하고 자기 목숨을 버린 어떤 아버지의 이야기는 한층 슬픔을 더했었다.

이들을 위하여 소매를 걷어붙이고 달려온 봉사자들, 수천 포기의 김치를 담가 보내는 인정 넘쳤는 이웃들.

이렇게 세월에 덧입혀진 잊을 수 없는 이야기들이 우리들의 삶을 아름답게 가꾸어준다.

그러나 지금도 지구의 반대쪽에서는 정치와 종교적 이념문제로 테러리스트들이 무차별 살상을 끊임없이 자행하고 있다. 비슷한 이유로 러시아에서는 연극을 관람하던 무고한 사람들이 테러리스트들과의 싸움에서 귀중한 목숨을 잃었다.

9·11 사건 이후, 내가 살고 있는 곳에서도 저격범이 주민들을 공포로 몰고 갔었다.

우리는 이러한 시대적 불안 속에서도 우리가 원하는 아름다운 삶을 영유할 수 있는 것일까. 물론 가능하다. 그것은 아름다운 삶을 추구하려는 우리에 의지에 달렸다.

다음 여섯 가지 자신을 돌보는 방법을 생각해보자.

첫째, 자연을 벗하라. 자연을 사랑하며 자연과 함께 사는 것이다. 인간은 자연을 지배함에도 불구하고 자연은 인간을 승화시켜준다. 자연은 우리의 스승이자, 우리를 안락하게 하고 감동시키며, 우리 존재의 고독을 빛나게 한다.

둘째, 자기에게 투자하고 개발하자. 자기에게 투자를 아끼지 않으면 무궁무진한 자기 발전을 꾀할 수 있다. 그리고 그것으로부터 충만감을 얻을 수 있다.

셋째, 자기 자신을 속이거나 학대하지 말자. 자기를 온전히 사랑할 수 있어야 한다.

넷째, 자기 자신을 통제하자. 매사에 지나치는 법이 없도록 항상 적절함을 꾀해야 한다. 화를 멈추지 못하여 더 큰 화를 자초하는 일이 없도록 단속해야 한다.

다섯째, 자신을 칭찬하자. 남을 칭찬하는 만큼 자

신도 격려해야 한다.

여섯째, 겸손의 덕을 쌓도록 하자. 자기를 낮추는 모습처럼 아름다운 것은 없다.

이렇게 우리가 내면의 아름다움을 쌓음으로써 세상을 빛나게 하는 아름다운 삶을 영위할 수 있다는 것은, 여간 다행스런 일이 아니다.

숲 속에 살 수 없는 사슴

사슴은 크리스마스카드에 실려서 온다. 눈이 하얗게 덮인 숲과 들에 사슴이 있다면 그곳은 얼마나 평화스럽게 느껴지는가!

언제부터인가 우리 동네 기슭에 사슴이 떼지어 다니기 시작했다. 해가 떨어지면 그들이 길을 가로질러 빠르게 때로는 천천히 동네를 지나간다.

숲을 빠져나온 그들이 다른 숲 속으로 사라지기까지, 그 자태는 유유하면서도 거만하다. 이제는 그놈들을 은근히 만나보고 싶은 생각마저 든다. 그래서 차를 몰거나 산보할 때 멀거니 숲을 바라보는 습관까지 생겼다. 한동안은 큰 놈 다섯 마리였는데, 엊그제는 작은 새끼가 몇 마리 더 늘어난 것이 보였다.

얼마 전에는 장모님이 몹시 화를 낼 만큼 그놈들이 정원의 호박순을 다 먹어버렸다. 나프탈렌을 뿌려놓자 한동안은 정원에 발길을 끊더니 이제는 그것도 별 효력이 없다. 그래서 나는 어린아이처럼 숲 속을 헤치며 사슴이 살만한 곳을 찾아보았다. 그런데 그들은 온데간데없었다.

새로 개발되는 우리 아랫동네는 새 집들이 들어서기 위한 기초 작업이 한창이다. 벌써 많은 숲이 잘려나가서 뻥 뚫린 벌판이 되었고, 숲은 점점 작아지고 있다.

숲이 작아지면 작아질수록 사슴이 살 곳은 적어진다. 어쩌면 장모님의 정원을 건드린 것도 그놈들의 먹이가 모자라서였을지도 모르겠다.

그러던 어느 날, 새끼 사슴이 피투성이가 되어 길가에 누워 있는 것을 보았다. 차들이 모두 그것을 비켜 가느라 늘어선 것이 장례의 행렬처럼 보였다. 사람들이 사슴을 사냥한다고 하지만, 이것은 분명 사슴의 횡사일 것이다. '사슴주의' 표지판이 부족한 탓이었을까?

오늘 아침에는 큰 도로의 복판에서 이도저도 못하는 개 한 마리를 보았다. 이미 차에 부딪혀 상처를 입은 그 개는 도로를 빠져나갈 수 없어 허둥대고 있었다. 하지만 넓은 도로에서는 차들이 길을 가득히 메우고 절대로 정지할 수 없다는 듯 질주했다. 마치 사람이 개 때문에 차를 멈출 수 없다는 듯이 말이다.

그 개 한 마리가 사슴처럼 눈에 어른거린다. 또 엊저녁에는 자동차의 불빛을 받아 눈이 반짝이던 사슴 떼를 건너편 골짜기에서 보았다. 그놈들도 멈추어 섰고 나도 멈추어 섰다. 처음으로 나는 사슴의 눈과 마주쳤다. 오랫동안 서로를 주시했다. 광채가 나는 선한 눈이었다.

순간, 라디오에서는 늘어나는 사슴 때문에 도시에서 사슴사냥을 해야 할 것 같다는 방송이 들려왔다.

사람은 자연을 파괴하면서도 잘 살 수 있을 것같이, 숲을 잘라서 길을 내고 집을 짓고 상자 같은 신도시를 건설한다. 그저 숲을 끝없이 허무는 일에 열중한다. 숲이 있던 그 자리가 사람이 살다 떠나가버린 참혹한 폐허로 변한 것을 보지 못했는가?

오늘 저녁도 사슴이 사람처럼 컹컹 소리를 내며 옆을 지나갈지 모른다. 동네 숲이 이 밤에 한 치라도 빨리 커지기를 기다린다.

술과 진실한 친구

고국을 떠날 때 우리는 정든 고향과 친구들을 모두 이별하게 된다. 추석을 보내면서 고향을 생각하게 되면 그 죽마고우들을 기억하지 않을 수 없다.

추운 겨울 어느 날, 학교를 결석한 나를 맨발로 찾아주었던 수홍이, 재주 있는 일이라면 무엇이든 가르쳐주었던 청길이, 우리 집에 오면 집주인인 나보다 더 주인인 것처럼 행세를 하며 두꺼비집을 열고 전기를 고쳐주던 재희…….

이제 허허백발이 되어가고 있을 친구들과 소식조차 끊어지고 말았다.

밤늦게 환한 달을 쳐다보며 고향에 있을 그 벗들을 그려본다. 지금쯤은 혹 직장을 잃고 허탈한 생활을 술로 달래고 있지나 않을는지…….

술은 우리들의 생활에 친구 다음으로 가까운 벗이 될 수 있다. 먹어서 좋고 취해서 좋고 피로와 고뇌를 잠시나마 가려주어서 좋다. 그리고 배짱을 두둑하게 해주어서 좋다.

생각해보면, 우리가 대학문을 들어서는 순간부터 얼마나 많은 술을 없앴을까? 밤새도록 인생을 논하면서 마시던 술, 데모 후에 명동 길바닥에 앉아 퍼먹던 오기의 술, 종강 술, 군대 술, 술, 술, 술……. 그러다가 아무 데나 쓰러져 배앓이를 했던 숱한 기억들. 그리고 이제는 어느덧 동창생, 가족, 온갖 장례식에서 이별주를 기울여야 한다.

요즈음 미국 대학가에서도 신입생 파티나 서클 파티 때마다 청년들이 과음으로 생명을 잃고 있다는 기사를 본다. 그렇게도 술을 많이 마셔댔던 우리들의 과거를 보면서 우리의 자녀들에게 주의를 환기시킬 필요를 느낀다.

술은 진정한 친구가 아니다. 잠시 우리가 피곤한 현실로부터 도피할 수 있게는 하지만 역시 좋은 피로회복제는 아니다. 어린 입원환자들의 병력을 쓰면서 일곱 살, 여덟 살짜리 아이들이 술에 곤드레만드레 취했던 경험이 있다는 것을 알고 깜짝 놀라곤 한다. 또 열세 살에서 열일곱 살의 소년들이 하루도 거르지 않고 술을 마시는 사례가 늘고 있다.

약물 사용의 추세는 일반적으로 줄어드는 반면, 청소년들의 음주와 흡연은 더욱 늘고 있다는 현상에 주목해야겠다.

특히 음주, 흡연, 대마초, 이 삼총사는 약물 중독의 지름길이 되기 때문이다. 연구발표에 의하면 이 삼총사 때문에 청소년들이 차후 코카인이나 헤로인을 사용할 확률이 50배, 100배 이상이 된다고 한다.

부모가 술과 담배를 절제하지 않으면서 자녀들에게 절제하도록 하는 것은 옳지 않다. 친구 따라 술, 담배를 하는 자녀들을 살펴야 한다.

집안이 술을 좋아하여 매일 반주를 하는 경우에는 분명히 자녀들에게도 다분히 술중독자가 나타날 확률이 높다는 사실이 연구를 통해 검증된 바 있다.

우리는 자녀들을 흡연과 음주가 습관성이 되지 않도록 온갖 방법을 동원해서라도 막아야 한다. 습관성이 되면 이미 늦어 좀처럼 끊기가 쉽지 않다.

좋은 친구는 OK, 그러나 술, 담배, 약물은 졸대로 NO! 우리 모두가 상황에 알맞게, 또는 절제할 필요가 있다. 그리고 술이 아닌 진정한 마음의 친구를 맞을 채비를 해야 한다.

손가락 인생

　　손은 신이 주신 귀한 명품이다. 손은 하나가 아니라 두 개여서 좋고, 열 개의 손가락이 있어서 더욱 좋다. 손은 생각하는 능력이 없지만 성실하게 수고하여 그 주인을 먹이고, 보호하며 즐겁게 한다. 남의 머리는 빌릴 수 있어도 손을 빌리기는 그리 쉽지 않다.

　　아기가 태어날 때는 손을 꼭 쥐고 나온다. 얼마나 귀한 것이 있기에 세상에 나오면서 그렇게 꼭 쥐고 싶었을까. 우리는 신생아실에서 아기의 웃음과 울음소리보다도 꼬물거리는 손가락을 바라보며 깊은 안도와 함께 감격한다.

　　"아, 있을 것이 다 있구나!"

살아가면서 머리는 믿을 것이 못 될 때가 있지만 손만은 믿음이 간다. 손은 일을 해내는 역군일 뿐만 아니라 때로 우리의 표현을 대신해주는 역할까지 한다.

엄지는 확신과 인정을, 검지는 방향과 지시를, 가운뎃손가락은 모욕과 저주를, 넷째 손가락은 언약을, 새끼손가락은 약속을 상징한다. 그리고 손 모두로 인사까지 대신한다.

처칠의 유명한 V자 사인은 세계 사람들에게 용기를 북돋아주었고 결국 제2차 세계대전을 종식시키는 힘이 되었다. 일전에 흑인 올림픽 선수들이 들어올린 주먹 답례는 인권 탄압에 대한 항거의 상징으로 인권운동의 불꽃을 지폈다.

얼마 전, 어린 아들의 손가락을 자른 아버지가 있어서 우리를 분노하고 절망케 한 적이 있다. 그것이 보험금을 타기 위한 사기극이었기 때문에 더욱 마음이 아팠다.

자식을 사랑하지 않는 부모가 어디 있을까? 자신의 장기라도 떼어서 자식을 살리고 싶은 것이 부고의 심정일 텐데……. 그 아버지는 벌을 받기에 앞서서 반드시 정신감정을 받아야 한다.

그런 아버지에 비해, 아버지의 소원대로 자신의

손가락을 자르도록 한 그 아이의 효성이 눈물겹다. 끝내 사실을 밝히기를 거부했다는 아이의 부모에 대한 사랑은 정말로 갸륵하기만 하다.

부모의 자녀 학대는 엄연한 사회악이다. 어떤 이유로도 정당화될 수 없다. 수많은 어린이들이 남모르게 부모의 학대를 당하고 있으나 사회의 예방과 도움은 너무나 미흡하다.

우리 가정이나 주위에서 이렇게 어린이에 대한 학대가 없는지 우리 스스로도 자성하고, 주위를 둘러봐야겠다. 폭력을 사용하지 않는 정신적 학대도 폭력만큼이나 악하기는 마찬가지이다. 더욱이 성적 학대는 어린이의 인생을 망치는 극악한 범죄이다.

나는 마디가 굽은 손으로 그림을 그린 한 화가의 이야기를 알고 있다. 그 화가는 그렇게 그린 그림을 팔아서 친구를 공부시켰다고 한다. 화가의 수고와 희생으로 공부한 친구는 마침내 성공했다고 한다. 얼마나 위대한 손가락인가.

멋과 품위 있는 중년

인생의 여정에서 황혼이 내리는 50대의 중년은 외롭기가 그지없다. 아이들은 다 자라서 떠나고, 썰렁한 집 안에는 적막감마저 몰아친다.

오래된 친구들도 예전 같지 않게 공연히 측은하게 보이고, 혹 병을 앓고 있거나 해서 서로간의 방문이 뜸해지기 시작한다.

그 탄탄하던 몸도 어딘가 고장난 듯 삐걱거리고, 희미해지는 기억력 때문에 얼굴을 붉히거나 사소한 실수에도 섭섭히 여기게 되기 마련이다.

나이가 들수록 하얘지는 머리카락이 더 눈에 띄어 보인다. 그것을 본 지인들이 "당신도 늙어가는구먼!"하며 귀띔을 하게 된다. 흔히 말하는 흔들리는 중년이 시작되는 것이다.

우리가 아름답고 보람된 중년을 창조해 나아갈 수 있다면 중년의 위기를 극복하는 것은 물론 고상하게 늙어갈 수도 있다. 쓰라렸던 이민의 역경 속에서도 잘해냈지 않은가?

우리는 침울했던 시절, 땀에 절었던 일자리에서 혼신을 다했다. 참을 수 없는 서러움과 눈물을 삼키면서 잠시도 쉬지 않고 숨가쁘게 달려왔다.

이제 뒤를 돌아보면 '무엇 때문에 값진 나의 청춘을 다 바쳤단 말인가?' 하는 서러움도 복받친다. 하지만 정작 우리는 '나만을 위해 이렇게 긴 세월을 허송하지는 않았는가?' '나 자신의 값진 인생이란 결국 무엇일까?'를 물어야 할 때이다.

중년기 여성에게는 갱년기 증상이 더욱 뚜렷이 나타난다. 50퍼센트 이상의 여성이 에스트로겐 호르몬 분비의 감소로 갱년기를 무척 힘들게 보낸다고 한다. 여성의 상징인 주기가 멈추며, 저절로 얼굴이 달아오르는 당혹감을 겪고, 또 쉽게 흥분하거나 괴로워하여 우울증도 일어날 수 있다.

남성에게는 갱년기 증상이 여성처럼 뚜렷이 나타나지 않는다. 그뿐 아니라 떨어져가는 활력에도 대부분 잘 적응하게 된다.

그러나 이때 우울증이나 지나친 음주, 혹은 약물 복용과 같은 생활의 혼란으로 결혼생활의 파탄을 맞을 수 있다. 하지만 대부분은 이러한 신체적·정신적 변화를 잘 감당한다. 물론 예기치 않은 친지의 죽음, 실직, 병고가 닥치게 되면 중년의 위기는 걷잡을 수 없게 된다.

특히 청소년기에 부모의 결혼생활에 문제가 있었다든가, 결손가정에서 성장했다든가, 혹은 흥분 잘하는 부모를 가졌던 이들은 중년의 위기에 더 연약해질 수 있다.

그러나 중년기는 직장에서나 자기 사업에서도 거의 완숙기에 다다랐으므로 더 나아질 바가 없다고 생각할 수도 있지만 풍부한 생활의 경험과 지혜, 그리고 많은 친구와 친척들과의 친분을 돈독히 함으로써, 가정과 사회가 기대하는 요구를 충분히 감당할 수 있는 시기이기도 하다. 여기에서 기쁨을 맛보며 생의 완숙한 경지를 향유할 수도 있다. 더구나 이 모두를 바탕으로 해서 인생의 더 큰 성취를 할 수 있다는 시기임을 명심하지 않으면 안 된다. 세월로 터득한 넓은 이해력과 경제적·사회적 지위로 세련된 지도 능력을 갖추게 되면, 주위 사람한테 존경과 부러움을 받을 수 있음은 물론, 사회가 필요로 하는 인물로 사회에 큰 기여를 할 수 있기 때문이다.

다시 말해서, 꾸준한 운동과 몸가짐을 게을리 하지 않고, 젊은 후배를 돕고 인도하며, 이웃과 지역사회에 기여하는 적극적인 참여와 지원을 통해 삶을 풍요롭게 가꾸어나간다면, 중년기는 우리 생애 최고의 시기가 될 뿐만 아니라 삶의 멋과 품위를 발휘하는 아름다움이 넘치게 되는 인생의 하이라이트가 될 것이다.

고독으로부터의 해방

고독은 병이 아니다. 또 죽음에 이르는 길도 아니다. 단지 자신의 모습을 주관적으로 바라볼 때 느끼게 되는 어떤 적막감이다.

사실, 절대고독의 적막함이 칼날처럼 시퍼렇게 세워질 때는 고통스럽기도 하다.

나뭇가지가 잎을 떨어뜨리고 찬바람이 낙엽을 이리저리 굴릴 때, 떨어질 듯 말 듯 매달린 이파리 하나처럼 인간의 고독감은 애잔하기도 한 것이다.

사회로부터 버려진, 집 없는 어떤 이들은 이런 시기에 길거리에 눕기 쉽다. 그들에게는 미래가 없다고 느껴지기 때문이다. 이런 사람들이 어쩌다가 병원에 실려가서 따뜻한 간호를 받기도 하지만, 그런

행운이란 거의 드물다.

이런 사람이 아니더라도 고독을 밥 먹듯 씹는 사람은 얼마든지 있다. 예를 들어 날마다 자정이 넘어서 잠들고 새벽별을 보며 일터에 가는 일상에 쫓기는 사람일지라도 돌연 뻥 뚫리는 듯한 마음의 빈 데는 있는 것이다.

어린 학생도 예외는 아니다. 아이들에게 놀림받고 왕따를 당하게 되면 잠 못 이루고 홀로 밤을 새울 수 있다.

우리처럼 그리운 고향을 떠나온 사람들은 그런 소외감을 감추기가 그리 쉽지 않다. 그래서 손에 쥔 일이 제대로 되지 않고, 안정이 안 돼서 방에 칩거하며 시간을 소진하기도 한다.

연말과 새해 초에는 더욱 그렇다. 떠들썩한 자리에도 그저 홀로 있는 듯싶은 고독감이 밀려올 때가 있다.

아이들도 이유없이 그렇게 되기는 마찬가지이다. 그래서 조금 크게 되면 집을 나가고 싶은 충동이 생겨나 친구 집에 몸을 숨기기도 한다. 때로는 몇몇이 뭉쳐 정처없이 길을 떠나보기도 한다. 그야말로, 가출을 시도하는 것이다. 그리고 술, 담배 등 뭔가 이제껏 해보지 못한 새로운 것을 시도해보기도 한다.

나이가 들어서도, 이와 같이 때때로 훌훌 어디론가 떠나버리고 싶은 감정은 모두 같다고 할 수 있다. 반복되는 현실에 대한 권태나 혹은 무기력감으로부터의 도피라고나 할까?

오히려 고독의 비밀을 캐고자 산에서 수년 동안 은둔한 젊은 시인의 이야기도 들은 적이 있다.

고독으로부터 해방되기 위해서 오히려 고독의 실체를 찾아나서는 역설적인 방법도 해봄직하다.

30여 년 전 소록도라는 작은 섬에 간 적이 있다 눈이 하얗게 덮인 그 바다와 고독한 섬, 세상에서 가장 천대받는 사람들이 살고 있다는 그 섬. 그러나 그들은 가마니에 누워 불편한 잠을 자면서, 꽁꽁 언 샘을 깨어 물을 길어오면서 소외로부터 얻은 고독과 싸우고 있었다. 나는 그들이 고독과 투쟁하는 처절한 삶의 현장인 그 섬에서 찬란한 아름다움을 발견했다.

고독은 병이 아니다. 단지 우리가 느끼는 하나의 감정일 뿐이다. 잘 다스리면 보화를 캘 수 있는 광산이 되기도 한다.

이 모두는 자기를 찾아가는 과정임에 틀림없다.

멋있는 사람들

멋은 음식으로 치면 맛과 같다. 멋은 아무렇게나 얻어지는 것이 아니라, 경험을 통하여 습득되는 것이다. 멋에는 흉내낼 수 없는 그만의 비밀이 있다. 그래서 멋은 진솔해야 한다. 멋은 유행에 끌림 없는 곧 빛나는 개성이라고 할 수 있다.

고교 은사이신 김상두 선생님은 내로라할 만한 멋쟁이셨다. 그분은 시공관에서 몇 번의 독창회도 가졌던 멋있는 음악인이셨다. 수업시간에 학생들이 간곡하게 요청하면 언제라도 미성으로 아리아를 불러 주시곤 했다.

그분은 옷차림도 일등 영국신사셨다. 반짝이는 구두를 신고, 머리에 포마드를 발라 매끈하게 올백을 하고 다니셨다.

수업시간마다 어려운 장조 바꾸기 퀴즈를 내고 정답자에게는 선뜻 자기 호주머니에서 파커 만년필을 꺼내주셨다.

그분의 멋은 다름아닌, 자신의 삶 자체에 대한 열정이었다.

그런데 요즈음 나는 그분 못지않게 멋있는 노교수를 한 분 만났다. 그 노교수는 노스캐롤라이나 대학에서 은퇴를 마다하시고 지금도 학생들을 가르치고 계시다.

미 장로교 본부의 채플을 모금하여 헌납하셨고, 넉넉치 않은 교회에서 어려움을 겪고 있는 동포 어린이를 위해 교육관을 지어 그들에게 기쁨을 안겨주신 분이다. 지금 그분은 모 대학의 경영대학 건물을 짓고 계시다고 한다.

하지만 그분에게는 더 근사한 비밀이 있다. 2년이 넘는 시간 동안, 남에게 들킬세라 밤에 몰래 교회 화장실을 청소해왔다는 것이다. 우리 가슴에 남겨진 그 멋의 따뜻함은 영원하리라.

남부 어느 마을 음식점에서 가난한 웨이트리스에게 900불의 팁을 무명으로 남기고 간 손님, 한국에서 70평생 동안 제대로 먹지 않고 모은 돈을 장학금

으로 쾌척한 눈먼 할머니, 자기 희생으로 멋을 일구
어낸 이런 분들 때문에 우리들의 삶은 더욱 풍요로
워지는 것이다.

테러의 공포와 정신건강

지금으로부터 10년 전, 병원에서 근무하던 어느 날 나는 뜻하지 않게 군의관 소집 영장을 받았다. 걸프전을 위한 예비군 동원령으로 징집된 것인데, 즉시 조지아의 휘트 골든, 아이젠하워 병원에 신고를 하라는 것이다. 무슨 날벼락이란 말인가. 하던 일은 어떻게 하고, 또 가족에게는 무어라고 말할 것인가 아득하기만 했다.

수년 전, 예비군에 지원한 것이 기록에 남아 있었던 모양이다. 어떻게 알아냈을까. 나는 의심할 새도 없이 병원 직책과 일을 팽개치고, 걱정과 어떤 자랑스러움이랄까 그런 흥분이 뒤범벅이 되어 짐을 꾸렸다. 동료들도 나를 걱정스럽지만 자랑스럽게 생각하며, 뒤에 남은 것은 자기들에게 맡기고 걱정 말고 가라고 등을 두드려주었다. 이렇게 해서 나는 세 번째 군복을 입게 되었다.

첫 번째 임명지는 켄터키의 101공수부대가 있는 휘트 캠블이었다. 부룩스 병원은 미 동남부지역의 군 종합병원이었다. 부대원들은 순서대로 사우디로 떠나가고, 나는 이제나 저제나 발령을 기다리고 있었다.

어느 날, 갑자기 한 육군 일등병이 후송되어 왔다. 사우디 최전방 초소에 근무 중 깡통소리에 놀라 무차별 사격을 했던 공포증 환자였다. 그는 멀쩡한 채로 시골집으로 되돌려보내졌다. 두 번째는 자살한 장교의 시신이 '정신부검'이라는 딱지를 달고 왔다. 세 번째는 사우디군 공항에서 이착륙 조정관으로 근무하던 공군 상사로, 어마어마한 전투 항공기의 이착륙을 조정하다가 그만 실신했던 환자였다.

전쟁은 실로 참혹하다. 총상은 물론이고 정신적 상처를 측량할 길이 없다. 외래 환자실에는 부모를 떠나보낸 어린이들과 청소년으로 인산인해를 이뤘다. 다행히도 대부분은 무사히 집으로 돌아갈 수 있었지만 육체적 피해만큼이나 정신적 피해도 무척 컸다.

10년이 지난 후 뉴욕 쌍둥이 빌딩을 무너뜨리게

한 테러와 그에 이은 탄저균 테러는 또 다른 전쟁의 시작처럼 우리 모두에게 공포로 다가왔다. 나는 테러의 공포에 시달리다 병원을 찾아오는 환자들을 보면서 10년 전 휘트 캠블에서 보았던 어린이와 부모들의 모습을 떠올리곤 한다.

요즈음 외래 환자들이 엄청난 공포증을 호소하고 있다. 승강기를 탈 수 없다, 높은 건물에서 살 수 없다, 비행기를 탈 수 없다, 밤에 잠을 잘 수 없고 악몽에 시달린다, 무서워 집 밖을 못 나간다는 등의 증상을 호소한다. 잘 알려진 것처럼 월남전 참전용사들이 겪는 심한 충격 후에 갖는 '공포 불안증'은 사실 누구에게나 있을 수 있는 일이다.

이번 쌍둥이 빌딩 폭발과 붕괴를 지켜본 많은 시청자들도 예외일 수는 없다. 화염에 휩싸인 고층건물에서 뛰어내리는 사람들, 흡사 영화에서처럼 먼지 재를 수북이 뒤집어쓴 부상자들, 놀라서 황급히 달려가는 사람들을 TV화면을 통해 보면서도 말할 수 없는 공포와 불안을 체험했을 것이다. 예견할 수 없는 전쟁상황 속에 더이상의 참혹한 전쟁이 실제로 일어나지 않기를 기도한다.

연일 TV를 통해 보도되는 아프가니스탄과의 전쟁도 걸프전처럼 여과 없이 전황이 중계되지 않기를 바란다. 특히 부모는 어린 자녀들이 시청해도 되는지를 숙고할 필요가 있다. 이미 어린이들이 어쩔 수 없이 본 충격적인 뉴스가 있다면, 아이들과의 진지한 대화를 통해서 전쟁이 가져오는 공포심을 가라앉혀줄 필요가 있다.

일상적으로 아이들이 감정의 변화를 일으키지 않는지 또는 예민해지지는 않는지, 친구들과는 평소대로 잘 어울리는지를 살펴야 한다. 또 학교 등교를 거부하거나, 성적 부진, 수면 과다와 부족, 음식 섭취의 상황을 잘 살펴 평상시와 다른 행동 및 감성의 변화를 눈여겨봐야 한다.

심리적인 공포는 여러 가지 신체적·정신적 장애를 동반한다는 것을 잊어서는 안 된다. 이번 사태로 다시 현역군으로 복무할 일은 없겠지만 마음만은 휘트 캠블에 다시 돌아간 기분이다. 국가에 대한 고통스러웠던 의무가 지금은 자랑스럽게 여겨지지만, 불안과 공포가 극심했던 그때를 생각하면 차라리 부끄럽기만 하다.

아름다운 내일

　날마다 새로운 새벽이 온다. 그런데 겨울 아침에 때맞춰 일어나는 일은 생각처럼 쉽지 않다. 『개나리는 걱정하지 않네』의 저자 정병철 교수는 '곤한 잠은 운동으로 깨우고, 영혼은 사랑한다는 말 한마디로 깨운다'고 했다. 나는 잠을 깨우고 정신을 맑게 하기 위하여 새벽같이 자동차를 몰고 인근의 학교 운동장으로 달려가 조깅을 한다.

　거의 눈을 감은 채로 차를 몰지만 이른 새벽이라 길에는 아무런 장애도 없다. 어둠에 잠긴 넓은 숲은 아직 꿈속이지만, 운동장 트랙은 어렴풋하나마 흰 줄을 드러내며 웃는 듯 나를 맞아준다. 상큼한 새벽의 찬 공기가 나의 폐부를 찔러온다. 가까운 숲 속에서 새들이 잠을 깨는 소리를 낼 때쯤, 아침이 깨어나는 것이다.

준비운동을 하는 둥 마는 둥 운동장 표지판 앞에서 숨을 고르며 마음속으로 하나님께 기도를 올린다. 보잘것없는 나를 여기까지 탈 없이 오게 하신 그분의 축복에 한없는 감사를 느끼며.

나는 천천히 트랙을 달리기 시작한다. 첫 번째 트랙의 흰 줄들이 나의 인생 나이테가 되어 천천히 풀려간다. 어제의 일들, 고마웠던 얼굴들, 하지 못한 말과 행동들, 부끄러웠던 지난날이 떠오른다.

둘째, 셋째 트랙에 들어서면 오늘 해야 할 일을 생각한다. '말을 아끼고 바른 말을 하고, 남에게 친절히 대하고, 바른 판단과 침착한 행동을 해야 한다'라는 각오가 생긴다. 이때쯤 태양은 숲 속에서 반짝거린다.

넷째 트랙에 오면 마음속의 이야기들이 하늘과 땅 사이의 공간을 메우기 시작한다. 꿈, 낭만, 소망, 마음을 찬란하게 하는 것들로 가슴이 벅차게 될 때, 땅에는 싱그러운 햇빛이 조각조각 깔리기 시작하고 새들이 그곳에 몰려나와서 재재거린다.

'나도 저런 햇빛이 될 수 있었으면' 하고 바라면서 마지막 트랙에 다다른다. 마지막 트랙에서 소원을 되새긴다. 어둑하던 하늘이 이제야 서서히 밝아지고 나의 마음 깊이에 따사로운 햇살이 가득 스며든다. 건물 사이로 뽀얀 안개가 걷히며 말끔히 씻긴 학교 정면이 아름답게 모습을 드러낸다.

나는 천천히 운동장을 걸으며 오늘 내가 실천해야 할 쉬운 것 몇 가지, '함부로 침을 뱉지 말고 쓰러기나 깨진 병은 즉시 줍자, 점잖게 운전하자' 등등 사소한 것을 다짐한다.

오늘은 힘겹더라도 내일은 다르리라는 희망 속에서 돌아오는 길은 충만감으로 벅차오른다.

아침이면 새로 태어나는 인생

　무의식중에 잠을 깬다. 갇혔던 의식이 서서히 돌아온다. 빛이 서서히 밝아옴에 따라 주위가 더욱 분명해진다. '틀림없이 살아 있다'는 사실에 새삼 감사를 하게 된다.

　찬 공기를 마시며 아이를 학교까지 바삐 태워다준다. 아주 빠른 속도로 학교 앞에 이를 때까지 말을 삼간다. 아이에게 어떤 감정도 불러일으킬 필요를 느끼지 않기 때문이다. 자칫하면 온종일 마음 상하게 할 이야기나 훈계는 부질없는 것이다. 부지런히 학교 입구를 통해 사라져가는 아이에게 사랑한다는 말 한마디는 잊지 않기로 한다. 차 안에서의 침묵을 아이가 오해하지 않게 하기 위해서다.

훤히 트인 돌아오는 길은 복잡하지 않아서 자유롭게 달려온다. 그럴듯한 설교 테이프를 들으면서 명상의 문을 연다. 이제 나에게 다가오는 사람들에게 의식을 마음껏 넓히고 마음을 편안케 해줄 것이다.

차를 학교 운동장 주차장에 세우고 걷고 뛸 자세를 바로잡는다. 이른 아침 출근하는 선생님들이 그날의 과제를 한 보따리 싸들고 학교로 들어가는 것을 보면서, 학교에 왔어도 저 무거운 과제물을 받지 않아도 된다는 안도감이 걸음을 가볍게 한다.

작더라도 적어도 한 가지는 좋은 일을 해야지. 뾰족한 돌멩이를 길가에서 숲으로 걷어차고, 쇠붙이가 도로에 있으면 줍자고 다짐한다. 트랙으로 가는 동산에는 짧은 잔디가 새벽에 내린 이슬로 은빛으로 반짝거린다. 밤새 새로 지어 둔덕을 이룬 개미집들이 잔디가 빈 곳에는 유별나게 많이 눈에 띈다. 하지만 개미들은 아직 보이지 않는다.

숲을 진동하는 아카시아 나무의 향기는 대단하다. 해가 떠오르는 것을 가슴으로 맞이하고 싶은 충동이 생긴다.

태양은 하나님께서 지금도 살아 계시다는 생생한 증거다. 태양이 지금 당장 없어진다면 이는 당연히 모든 살아 있는 것의 종말을 의미한다. 끔찍한 일이다. 이런 일은 상상하지 말아야겠지.

　간혹 지나가는 구름이 태양을 가려 비를 뿌리기만 해도 연약한 마음에는 금세 근심이 쌓이기 시작한다. 한 시간 안으로 맞닥뜨릴 인생의 현장에서 인연도 없었던 숱한 사람들을 만나게 될 것이고, 어쨌든 일어나야 할 일들은 일어나고야 말 것이다. 기쁘기도, 슬프기도, 고통스럽기도 할 마음으로 걱정과 질투, 절망, 문제가 될 수밖에 없는 많은 일들이 벌어지게 될 것이다.

　다행히 아무도 인생의 값에 대해 당장 묻는 이도, 빚 재촉하는 이도 없다. 누구나 이 아침을 통해 새로운 인생의 탄생을 기대해볼만하다. 어제는 어젯밤에 다 묻어버릴 수 있지 않는가. 고개가 숙여지도록 밀려온 피곤도, 다리가 저리도록 쌓여진 노동의 밤도 모두 삼켜지고 말 것이다.

　아침은 때를 맞춰 틀림없이 오고 때로는 어제의 기억을 거두어 가는 은총까지도 베푼다. 구름 사이로 햇살이 퍼지면서 빛은 삶 위에 넉넉하게 내린다. 한 아이가 눈을 가리고 태양을 바라본다. 아무 일도 없다는 듯이 학교에서는 여덟시 반의 시작종이 요란히 울린다. 모두에게 아침은 그렇게 시작되는 것이다.

귀중한 삶을 다하기까지

　수영금지 팻말은 위험지역이면 으레 세워져 있다. 이 경고를 보고도 감히 물 속에 뛰어드는 사람은 없다. 국내외에 잇따라 일어나는 자살 사건들은 우리 모두를 경악하게 한다. 늦은 감이 있기는 하지만 자살금지 운동과 예방책을 서둘러 세워야겠다는 생각이 든다.

　지금도 생생하게 기억되는 예일대학생의 분신자살은 자식을 가진 부모가 아니더라도 놀라움과 슬픔을 금할 수 없게 한다. 얼마 전 일어났던 메릴랜드대학생의 자살 및 타살 사건도 마음 아픈 일로 기억 속에 남아 있다. 고국에서 보도된 대기업 회장의 자살 사건은 국내외로 크나큰 충격을 주었던 일이기에 이때를 기해서 자살예방 및 금지 운동을 제창하는 것이다. 더욱이 급속한 경제 및 사회적 변동으로 야기되는 생활고와 정신적 충격으로 빈번히 발행하고 있는 가족의 집단, 동반 자살은 시급히 사라져야 한다.

자살하는 사람들의 동기와 방법 등은 연령, 성별, 인종, 종교, 사회적·경제적 신분 등에 따라 다르겠지만 대체로 자살을 죄악시하는 가톨릭 교인들에게는 비교적 적다. 또 90퍼센트 이상이 정신적인 요인으로 자살한다는 사실은 극히 유의해야 할 사항이다.

10세 미만의 자살은 거의 볼 수 없으나 최근 중고등학생의 자살 사건은 급격히 증가하는 추세이다. 이들이 자살을 흉내내는, 또는 집단 자살, 동반 자살 사건들이 학교 동료들 사이에 일어나고 있음을 신문지상으로 종종 볼 수 있다.

이것은 부모·형제·친구의 사망에서 오는 충격, 애인의 배반, 지나친 약물 사용 등의 원인이 있지만, 유의할 일들은 가족 중에 자살한 사람이 있을 때에는 그 발생률이 상당히 높다는 사실이다. 우울증 등의 유전적 요소가 있음이 점차적으로 확인되고 있음을 명심해야 할 것이다. 특히 지나친 음주나 약물 사용은 자살에 이르는 충동을 억제하지 못하거나 더욱

촉진시키므로 상당한 주의를 요한다.

특히 미국에서는 총기 구입 및 소유가 용이해 자살의 성공률을 높인다고 볼 수 있다. 한국에서는 총기 소지가 불가능하므로 손쉽게 구할 수 있는 독극물이 사용되지만, 일찍 발견되어 위세척을 한다고 하더라도 그 후유증이 심하므로 불행을 면치 못한다.

이민자인 우리들은 극심한 생활고를 이겨냈고 또 언어의 벽으로 억울하고 서러운 시절들을 참아냈다. 밤낮 일하느라 자신의 건강을 돌볼 겨를이 없었다. 이제 우리는 점차 한가로운 날들을 맞게 될 것이고, 그 즈음 몸과 정신에 이상이 오고 있음을 자각하게 되는 날이 올 것이다.

자녀들은 자라서 가정을 떠나고, 서로 귀히 아끼던 부부들 중 어느 한 명이 먼저 가기도 할 것이며, 친구나 이웃도 세상을 떠날 수 있다. 가입되어 있는 모임이나 종교단체에서도 더 젊은이들에게 중요한 일을 떠맡기게 됨이 순리이다. 어쩌면 세상사는 낙이 점점 없어져갈 것이 뻔하다.

이런 때일수록 삶의 귀중함을 인식해야 한다. 자라나는 세대에게 또 뒤따라오는 후배들에게 우리가 지내왔던 귀한 것들은 물려줘야 한다. 바로 우리의 삶, 즉 외롭게 투쟁해서 얻은 자유, 옳고 그름을 가르치는 지혜, 경험 속에서 얻어온 도리를 부지런히 가르쳐야 한다. 우리 세대의 잘잘못도 겸허하게 인정하고, 나만을 앞세우고 우리를 뒤로 했던 옛일들은 다시는 되풀이하지 않도록 우리의 후세들에게 반드시 일러줘야 한다.

주어진 귀한 삶을 끝까지 숭고하게 품위 있게 지키고 나보다는 남을 위해서 마지막까지 아름답게 삶을 이룩해야 하는 것이다.

자살은 좌절의 끝이다. 인생의 끝이란 없다. 새로 시작하는 출발이 있을 뿐이다. 귀중한 삶을 다하기까지.

사랑하며 산다는 것

살아가면서 '왜 사랑하는 것일까' 하는 질문은 마치 '나는 왜 사는 것일까' 하는 물음처럼 철학적인 명제이자 어려운 문제이다.

사랑하는 마음은 왜 생기는지도 모르게 스스로 생겨나고, 또 그렇게 저절로 사라지기도 하며, 끝없이 애타게 하는 그런 것이다. 실로 우리는 사랑하기 위하여 산다고 해도 틀림이 없다. 사랑이 없는 삶이란 이미 죽은 삶이라고도 할 수 있다. 우리는 사랑하면서 삶을 배운다. 또 그런 삶을 통해서 진정한 사랑을 깨닫게 된다.

사랑을 네 단계로 나누면, 10세에서부터 20세의 육체에 탐닉하는 육체적인 사랑을 지나서, 30세에서 40세에는 물질적인 사랑을, 50세·60세에 이르면 정신적인 사랑을 추구하게 되고, 60세가 지나면 신적인 사랑에 몰두하게 된다.

나는 사랑을 전봇대로 본다. 싱싱하게 자란 나무는 잘리어 길가에 세워지고 그 위에 길고 긴 전선을 머리에 이고 세상을 살아간다. 전선은 밝고 따스한 불을 싣고 간다. 옆집으로 이웃으로 멀리멀리 간다. 비바람과 폭풍으로 나뒹굴 듯 위대한 순간에도 전선을 버티어주는 것이다.

나는 어려서부터 십자가 모습을 한 전봇대를 눈여겨 보아왔다. 성경에 쓰인 나사렛 청년이 피 흘리며 매달렸던 그 십자가를. 그의 못 자국에 새겨진 사랑이라는 또렷한 두 글자를. 사랑이 평화를 가져오는 것은 결코 우연이 아니다.

행복한 가정

　겨울이 한창인데 갑자기 봄 날씨다. 야구장에서 아버지가 어린 아들에게 빠른 공을 던져주고 아이가 볼을 힘차게 때린다. 반대편 테니스 코트에는 어머니가 어린 딸에게 테니스를 가르친다. 보기 좋은 모습이다. 이렇게 가정을 꾸려나가는 부모들은 틀림없이 성공적으로 행복한 가정을 이루어갈 것이라고 확신한다.

　부모는 가정의 기관차이고 자녀들은 그 뒤에 달려가는 열차이다. 부모가 이끄는 대로 열차는 움직여간다. 모든 가정에는 기관사인 아버지와 어머니가 있다. 이들이 사고 없이 목적지에 도착하기 위해 함께 최선을 다할 때 기차는 어김없이 궤도를 달려 종

착역에 닿을 수 있는 것이다.

따라서 행복한 가정을 이룰 수 없을 때의 첫 번째 이유를 흔히 부모에게서 발견하게 된다. 부모가 성격의 차이로 그들의 공동목표와 화해점을 찾을 수 없을 때, 부모가 각기 다른 가치관과 다르게 자란 환경으로 이견을 좁힐 수 없을 때, 부모의 교육과 생활·경험의 차이 때문에 이해의 정도가 상반될 때, 무엇보다 더 중요한 것은 부모가 서로 사랑하지 않음으로 해서 기관차가 작동할 수 없는 지경에 이르렀을 때이다.

그러므로 부모가 별거에 들어가거나 이혼 과정에 있게 되면 자녀들에게 이보다 더 큰 충격이 없다. 물론 사랑이 없는 부모가 자녀들을 위해서 계속 가정을 꾸려나간다면 이 또한 자녀들에게 서로 갈라서는 것보다 더 큰 불행을 불러오게 할 수도 있다.

반대로 자녀들이 가정을 불행하게도 만든다. 그들이 탈선할 때다. 탈선을 막기 위해서는 부모의 부단한 점검이 필수적이다. 사랑으로 기름을 치기도 하고 파손된 부분을 교체해야 하는 적절한 대응책을 끊임없이 찾아내야 한다. 필요하면 탈선의 가능성이 있는 열차를 떼어내 치료를 받는 아픔도 감수해야 한다.

일반적으로 행복한 가정의 특징은 물려받은 전통과 관습의 너그러움과 엄격함이 조화를 이루며, 늘 구속 없는 사랑으로 대화하는, 그리고 이상을 향해 독창성을 추구하는, 나아가서 서로에 대한 믿음과 신념에 기초한 공동체적 삶을 유지한다는 데에 있다.

사랑하는 나의 이웃들

활짝 창문을 열어보십시오

아, 나는 깜짝 놀랐습니다. 따뜻한 햇살이 창문을
통해 방 안을 환히 비추고 있었습니다. 오랜만에 커
튼을 열었기 때문입니다. 뽀얀 먼지가 눈에 가득히
들어왔습니다. 나는 부리나케 창문 두 곳을 활짝 열
었습니다. 방에 가득 했던 먼지가 밖의 공기에 빨려
춤추는 듯 빠져나가는 것이 햇살에 비추어졌습니다.
글쎄 온 겨울 동안 매일 해묵은 먼지를 마시고 살
았다니 끔찍한 생각이 들었습니다. 그렇다니까요,
마시는 건 둘째치고 우리는 날마다 먼지만도 못한
그 하찮은 것을 가슴 속에 쌓아가고 있지 않았나 생
각해보게 됩니다. 그렇게 생각해보니 답답하다 못해
비관적이 되기까지 합니다.

아무렇지도 않게 들리는 이야기도 예사롭지 않게 들리고, 아무 생각 없이 한 말이 화근이 되어 우리 속을 상하게도 만듭니다. 벙어리처럼 살 수만 있다면 좋으련만 세상을 살아가려면 재잘대고 살기 마련입니다.

　나는 이 때문에도 일찍 일어나서 뜀박질로 새벽을 엽니다. 신선한 공기를 실컷 마시고 가슴을 비우는 것입니다. 여명이 밝아올 때가 가장 좋습니다. 얼마 있지 않아서 해가 떠오르고 새 날이 시작되니까 말입니다. 새롭게 출발한다는 생각은 기죽은 자신을 꼿꼿하게 세울 수 있기 때문입니다.

　여태껏 살아왔던 인생을 다르게 바꾸어보고 싶은 충동을 느낍니다. 시인이 되고도 싶고, 묵직한 소설을 쓰는 작가도 되고 싶고, 아니면 종군기자가 되고도 싶지만, 이미 시간이 너무 많이 지나갔습니다. 또 저에게 남은 시간도 그렇게 많지 않은 것 같기도 합니다.

　동료는 이런 이야기를 했습니다. 고향의 동해안 산턱에 오두막을 짓고 남은 세월을 보내고 싶다고요. 그가 산과 바다를 오르내리고, 촌마을 교회에 가서 오르간을 치며 세월을 보내고 싶다고 하자, 뒤에서 듣던 친구도 방 하나를 더 지어서 자기도 함께 그곳에 가고 싶다고 했습니다. 이민의 땅에서 고향을 향한 집념이 가시기는커녕 더욱 간절해지나 봅니다.

나는 며칠 전 암으로 투병 중인 지인을 찾아갔습니다. 그분은 수술을 마친 후라 몹시 아플 텐데 나를 보고 곱디고운 미소를 지었습니다. 그가 최선을 다해 살아왔다는 것을 일러주는 듯 그의 모습은 세상에 대해 아무것도 더 바랄 것 없다는 듯이 겸허해 보였습니다. 나는 그저 숙연해질 수밖에 없었습니다. 위로의 말이 오히려 무색했습니다.

그 모습은 나에게 새로운 확신을 주었습니다. 그분은 분명히 인생의 가을을 아름답게 마감할 수 있으리라는 것을 말입니다.

아, 나는 부끄러워집니다. 내 마음의 문도 열지 못하고 남에게 따뜻한 손길도 하나 주지 못한 채, 겨우 생각해서 한 것이라곤, 길에 버려진 병이나 휴지를 줍는 것이 고작이었으니 말입니다. 그래도 새로운 계절이 나를 향해 부지런히 오고 있습니다.

조국을 마음껏 품 안에
— IMF를 맞은 조국을 보며

지금도 휘날리는 태극기를 볼 때마다 눈물이 난다. 어쩐 일일까. 고국을 떠난 지 어언 수십 년이 지났건만 그리움은 더욱 깊어만 간다.

미국의 언론매체에서 한국이라는 말이 떨어지기 무섭게 마음이 철렁거린다. 바로 내 앞에 굴러가는 현대 차만 보아도 너무 정겹다. 삼성, LG, 쌍용의 상표만 보아도 마음이 벅차다. 아! 이것이 어찌 오직 나만의 느낌이겠는가.

2년 전 중국을 여행하는 길에 잠깐 들른 서울의 모습이 지금도 머릿속에 생생히 남아 있다.

부를 상징하는 즐비한 상점들과 길을 꽉 메우고 조금씩 움직여 가는 차량 행렬, 이름도 모를 동네가

빌딩 숲으로 변해버린 서울, 그때 그곳에서 본 서울
의 모습과 사람들은 그렇게도 자신만만했었다.

부지런하고 정이 많은 사람들, 모두 내가 알 것만
같은 낯익은 사람들, 나라를 세우고 지키려다 쓰러
져간 사람들, 학교와 문화를 일궈낸 사람들, 고속도
로를 만들고 세계적인 공장을 지은 사람들…….

그런데 지금은 그 모두가 다 사라져버린 듯, 고국
의 경제적 파탄에 따르는 슬픈 이야기들이 나의 마
음을 허물어지게 한다. 이렇게 어려운 환경에 처한
때에 자식 둘을 유네스코가 주최하는 '조국 알기 캠
프'에 보내고 한편으로는 걱정이 태산 같았다.

민박을 한다는데, 이 철없는 아이들이 어떻게 적
응할까 마음 졸이며 민박 가정에 폐가 될까 해서 전
화도 하지 못했다. 그런데 너무 놀랍게도 녀석들이
민박 가정에서 칭찬을 받으며 잘 지낸다고 했다. 예
의바르고 인사성도 밝으며, 한국말을 썩 잘하고, 심
부름까지 제대로 한다고 하니, 미국 동포들을 마다
않고 3주나 무상으로 맞아준 가정에 다행스럽고 감
사한 마음 이루 말할 수 없다.

딸의 말에 의하면 "아빠, 그분들은 우리들에게 기
대가 너무 커요. 제가 민박집 애들보다 더 나은 게
없는데도요. 더구나 그 애들은 우리만큼 미국을 잘

알고 있어요."라고 했다.

그 민박 가정의 부인은 "이 아이는 우리 집 아이와 너무 똑같아요. 어떻게 그렇게 착하게 키우셨어요? 이제 이 애를 떠나보내기가 너무 힘들 것 같네요!"라고까지 말하지를 않는가.

아! 그리운 조국. 정이 많고 착한 사람들. 그래서 희망이 있는 나라.

나는 아이들이 마음껏 우리의 아픈 조국을 가슴으로 사랑할 수 있기를 바란다.

자랑스러운 한국 학교

　수도 워싱턴에서 남쪽으로 두 시간 남짓 떨어져 있는 리치먼드는 교육도시로 각광을 받고 있다. 남부의 수도라고 일컬어지는 이 전통적인 도시는, 남북전쟁 이후 끊임없이 쇠락해가면서도 지난날의 남부 정신과 질서를 간직하려는 고전적인 곳으로 두 가지 분위기를 다 가지고 있다.

　아직도 당당히 남부의 혼을 가슴에 안고 칼을 차고 말을 탄 로버트 리 장군, 스톤윌 잭슨 장군 등의 커다란 동상이 아름다운 옛 건축물들 사이에 서 있는가 하면, 최근 흑인 테니스 영웅 애쉬의 동상이 총과 말 대신 테니스 라켓을 들고 이 대열의 끝에 의연하게 서 있어 남부의 자존심을 슬쩍 건드리고 있다.

여기에서만은 아직도 남북전쟁이 끝나지 않은 느낌이다.

한국인의 리치먼드로 유입은 초기에는 유학생이 와서 자리를 잡았다. 그 후 점차 한국인들의 자유 이민이 열리면서 다양한 직종의 한국인들이 정착하게 되었다. 이제는 명실공히 한국인들에게 인기 있는 삶의 터전이 되었다.

우선 한국과 사계절의 기후가 비슷하고, 유아교육부터 전문교육 기관에 이르기까지 수준 높은 교육시설이 산재해 있기 때문에 미국 내 다른 주로부터의 이주도 늘고 있다. 특히 지속적인 한국 유학생들의 유학과 전문 수련교육 이수자들의 방문으로 리치먼드는 질 높은 한국 문화의 지속적인 접목이 이뤄지고 있다.

리치먼드 한국 학교는 20여 년 전 몇몇 사람의 희생적인 봉사로 태동되었다. 이후 윤주태 박사가 16년이라는 긴 세월을 홀로 이끌어왔으며, 최근 내과의사로 은퇴하신 심영순 교장이 맡아서 더욱 눈부신 발전을 하고 있다.

복잡한 한인사회의 구성 때문에 많은 어려움을 겪고 있지만, 그래도 그들의 끈질긴 후원과 협조로 미국사회 속의 한국 학교라는 난제를 극복하고 있다.

지난 2001년 봄학기 학예회가 천주교 강당에서 열렸다.

　이 행사를 소개하자면, 유아반 학생들이 '학교종', 초등부 학생들이 '우리나라 꽃' '어린이날', 중급반이 '우리의 소원'을 불러 우리들의 옛날을 회상시켰다.

　시, 수필, 산문, 동요……, '수정이네 가족은 뽀뽀뽀 가족입니다' 등의 수작들도 우리를 기쁘게 했다. 진정한 한국 어린이들이 여기에 있다고 감탄하지 않을 수 없었다.

　또 그들이 만든 학예지의 설문지에 '한국 학교에 대하여'라는 질문이 눈에 띄었다. '한국말 배우는 데 도움이 된다, 지루하다, 상쾌한 경험이라 생각한다, 즐긴다, 몰라요'라는 아이들의 답과 '한국 학교에서 제일 좋은 것'이라는 질문에는 '연극, 다른 사람의 역을 할 수 있으니까, 한국말도 잘하게 도와줘서…… 아주 멋있는 연극 선생님을 만날 수 있어서', 또 솔직하게 '쉬는 시간…… 공부 안 해도 되니까요'라는 각양각색의 대답도 나왔다.

　또 한편 선생님들에게 한 '아이들을 가르치기가 어떻습니까?'라는 설문에는 '너무 즐겁고 재미있어요. 휴~ 아주 힘들어요. 보람을 느낍니다'라고 답했다.

'아이들이 많이 배우는 것 같습니까?'라는 질문에 어떤 선생님은 이렇게 대답했다. '열심히 배우려고 하는 학생들이 많습니다. 하지만 부모님들의 성화에 못 이겨 오는 학생들이 마지못해 공부하는 것을 볼 땐 정말 마음이 아픕니다' '가장 맘 아프게 느낀 것은 아이들이 자신이 한국인이란 사실에 대해 부족한 자신감을 보였을 때입니다' 이런 실망감도 적어놓고 있었다.

우리는 이제 '한국 학교가 왜 필요한가'라는 질문을 더이상 할 필요가 없다. 한국 학교가 우리 아이들에게 어떤 도움을 주는지 분명히 인식했기 때문이다. 그리고 우리 아이들에게 어떻게 모국을 가르치고 모국어를 가르칠 수 있는지를 모색하며, 한국 학교를 지키고 발전시킬 수 있을까 하는 문제를 생각하지 않을 수 없다. 우리의 아이들을 자랑스런 한국 아이들로, 자랑스런 세계인으로 키우기 위해서 말이다.

할로윈은 명절인가?

 해마다 10월말이 되면 싫든 좋든 할로윈이라는 절기를 맞지 않을 수 없다. 영문도 모르고 이 달갑지 않은 절기를 치러야 하는 우리들은 거북하기가 이루 말할 수 없다. 사탕을 준비하기는커녕, 집 안의 전등을 끄고 문을 두드리는 어린이들을 빈손으로 돌려보내고 빨리 그 밤이 지나가기를 바랄 뿐이다.

 도대체 이게 무슨 난리란 말인가. 집 앞의 문에 걸린 해골과 뼈다귀, 허수아비, 마녀와 빗자루, 거미줄과 박쥐, 널려진 펌푸킨, 귀신과 망령을 불러들여 굿이라도 할 듯이 말이다.

 그런데 이 해괴망측한 날을 기다리는 사람은 꽤나 많다. 물론 어린이들에게는 이날보다 더 신나는 날이 있을까! 아이들은 집집마다 돌아다니며 과자나 사탕을 얻고 축제를 마음껏 즐긴다.

할로윈은 옛날 아일랜드와 그 북쪽에 살던 켈트족이 추수를 망치고 가축을 죽이는 '죽음의 신'을 쫓아내기 위해 10월 31일에 벌인 잔치에서 유래되었다고 한다. 그날 밤에 젊은 무리들은 가면을 쓰고 불을 환히 지피며 떠들썩하게 축제를 벌였던 것이다.

중세기에 접어들자 유럽에 기독교가 확산되어 토속 '이방신'을 타파하였다. 이때 살아남은 '흑암의 마녀'를 기다리며 10월 31일에 그 제사를 지내게 되었다.

또 점차 세력이 확장되어가던 로마 가톨릭 교회는 성자들을 기리는 날을 따로따로 정해서 지켰는데 급기야는 그 숫자가 너무 많아졌다. 그래서 그레고리 교황은 11월 1일을 '모든 성자의 날'로 정하고 한 날에 모두를 함께 추모했다고 한다. 이때 '성스러운 미사'가 열렸고, 따라서 10월 31일은 '할로 이브닝'이라고 불렸으며 이것이 줄어 '할로윈'이 된 것이다.

아이러니컬하게도 11월 5일은 영국에서 '가이 팍스(Guy Fawks)'날로 지켜지는데, 이 사람은 1605년 영국 의사당을 폭파하려다가 붙잡혀 처형되었다. 그리고 영국 의회는 로마 가톨릭교가 영국 공화정부를 전복하려는 기도로 간주했으면서도, 의회 폭파를 무산시킨 것을 기념하여 이날을 공식적인 추수감사절로 선포했다. 그래서 전국적으로 교회마다 추수감사절 축제를 여는 것이다.

영국의 어린이들은 11월 5일 일주일 전부터 '장난의 밤'이라 하여 '팍스'의 모형을 길거리마다 세우고 돈을 구걸하며 어른들을 놀려댄다. 그래도 어른들은 이것을 눈감아주었다고 한다. 어른이나 아이들이나 자기를 감추고 남을 골탕먹이는 재미를 싫어할 사람이 어디 있겠는가. 남이 쩔쩔매고 당혹해하는 모습을 보며 웃고 즐기는 인간의 악한 단면을 이 풍습에서 여실히 볼 수 있다.

악령과 마귀의 가면을 쓰고 다른 귀신을 쫓아내려는 무속적인 요소도 엿볼 수 있다.

하지만 '놀리거나 대접'을 받는다는 이 모험적인 생각과 당돌한 거사는 모두에게 위험천만한 일이다. 주는 사탕 속을 잘 들여다보고 먹거나 가지고 가야 한다. 놀랍게도 면도칼이나 독약이 들어 있을지도 모른다. 아, 이러다가 나중에는 폭탄이라도……

검은 망토나 가려진 가면을 조심해야겠다. 혹시 퍼런 단칼과 자동소총이 불을 뿜어댈 수 있지 않은가! 그리고 그 아이들은 모르는 체 시끄러운 무리에

섞여 유유히 사라질 것이다.

우리는 그저 당혹스러울 뿐이다. 그러나 이런 끝
없는 과민반응의 비약보다 우리가 적응해가야 할 미
국의 전통 문화인 할로윈을 함께 맞을 준비를 하지
않을 수 없다.

우리는 이웃이 초대하는 가면무도회를 언제까지
사양하겠는가. 이제는 우리의 전통적인 옷으로 치장
하고 그들의 초청에 응해야겠다.

아주 맛있는 사탕을 준비하고 기대에 찬 아이들을
따뜻이 맞이하자. 칭찬해주자. 알사탕을 그득히 대
접하자! 그 아이들에게 겨울 내내 김치냄새나는 그
집에서 받은 사탕 맛을 못 잊게 해주는 건 어떨까.

해마다 우리 자신이 이 절기를 기다리게 될 때, 우
리는 미국땅에 뿌리를 깊게 내리고, 제2의 고향으로
자연스럽게 정착하게 됨을 스스로 확인하게 될지도
모르겠다.

뉴 보스턴

 고색창연한 보스턴은 이른 봄비가 오고 어두워져 있다. 비행장은 새 얼굴로 단장되었고, 보이는 곳마다 길이 파헤쳐 있어 불편하다. 대도시답게 유럽 사람, 동양 사람, 남미 사람들이 눈에 띈다.

 3월초인데도 두터운 외투를 준비하지 않았다면 꽤 추웠을 것이다. 축축이 젖은 도로 주변에 쌓여 있는 회색으로 더럽혀진 눈들이 길을 가로막고 있다.

 보스턴은 낯익은 터라 자신있게 전철을 타고 다닐 수 있다고 자부했는데, 이렇게 늦은 밤에는 곧장 택시를 타고 투숙할 호텔로 가는 편이 나았을 것을 공연히 전철을 탔다. 돈을 아낀다고 회의가 열리는 고급 호텔을 피해 변두리로 숙소를 정한 것이 이렇게 불편할 줄이야.

이른 새벽 전철을 타고 시내로 간다. 빌딩의 광고판에 '건설하자'라는 구호가 걸려 있다. 바로 그렇다. 보스턴은 급속도로 변해가고 있다. 1980년대의 서울이 그랬고 중국의 상하이가 그랬듯이. 이 도시도 아름다운 옛 유럽풍의 집들과 함께 교회, 공공건물들이 사라져가는 것은 아닐까. 이 도시는 살아 있는 미국의 전설이자, 지성의 도시가 아닌가. 보스턴은 미국의 모태이다. 또 정치·문화의 발생지이다. 미국을 이끄는 저명한 상아탑이 즐비한 문화와 역사, 이성의 도시다.

언젠가 이 도시를 대표할만한 어느 음악 교수의 집에 초대받은 적이 있다. 그 집은 미국의 역사가 숨겨져 있는 듯 오래된 가구와 도서들로 꽉 차 있었고, 르네상스식으로 조각한 벽난로와 높은 천장의 장식물들은 위엄이 있었다. 그는 가곡·성곡을 피아노로 반주했고, 우리는 거기에 맞추어 시간가는 줄 모르고 노래했던 적이 있다.

저녁식사를 하려고 나는 한국 음식점을 찾았다. 옛 생각을 하고 찾아간 한국 음식점은 우연히도 회의장 바로 앞턱에 있었다. 잘 차려진 식당이라는 생각이 들자, 추위가 저절로 덜어지는 듯싶었다.

그러나 식당은 텅 비어 있었고 한국인 여종업원들은 무척 불친절했다. 워싱턴도 이렇지는 않고 더더구나 리치먼드는 이에 비하면 상감이다. 예상 밖이다. 독일, 이태리 등 유럽을 여행할 때 한국 음식점에 들르면 얼마나 푸근하고 편안했던가. 중국도 이렇지는 않았는데…….

쓸쓸한 마음으로 나오는데 거스름돈도 가져오지 않는다. 어떻게 된 건가 싶어 물었더니, 팁으로 챙겼다고 한다. 쓰름하게 나오면서 나 혼자였기에 다행이라고 생각했다. 이들이 혹 이곳 유명한 대학의 아르바이트생들이 아니기를 바라면서.

보스턴은 달라져가고 있다. 옛정이 있던 한국 음식점도 따라서 변하여가겠지만. 전철 곳곳에 건의사항이나 애로사항은 '직접 시장에게' '경찰청장에게'라는 광고가 눈에 띈다. 이 도시는 새로운 기운으로 분망하다. 은퇴하여 암으로 곧 죽게 될지도 모르는 이 지역 국회의원의 위대한 공로 때문이라고 한다. 그는 보스턴의 발전에 생명을 건 것이 분명하다. '건설하자, 새롭게'라는 구호를 음미해본다.

을씨년스러운 공원에는 추위 때문인지 사람의 그림자도 없다. 다음 계절을 기다리는 헐벗은 나뭇가지들만이 텅 빈 공원에 그림처럼 서 있다. 그 위로는 유리로 만든 높은 빌딩이 교만한 자세로 내려다본다. 지금 1불만 내면 전철은 보스턴 어느 곳에라도 나를 내려놓을 것이다. 그러나 나에겐 변해가는 보스턴은 더이상 매혹적이지 않았다.

우리를 화나게 하는 일본 사람들

역사는 진실로 엮이는 인간사의 흔적이어야 한다. 어느 누구도 역사를 멋대로 조작할 수는 없다. 잘못 쓰인 역사는 언젠가는 고쳐 쓰이게 마련이다. 역사는 강물처럼 흘러간다. 지금 일본 사람들은 우리를 당황하게 할 뿐만 아니라 화나게 하고 있다. 그들은 우리의 역사를 자기들 멋대로 쓰려고 한다.

얼마 전까지는 이러한 부적절하고 비윤리적인 일들이 허용될 수도 있고 아무런 여론의 비판 없이 숨겨질 수 있다고 생각할 수도 있었을 것이다. 그러나 지금이 어떤 시대인가. 세계는 국경이 없어진 지 오래고, 세계가 일일생활권으로 회전하는 정보의 시대가 아닌가. 작고 부끄러운 일도 숨길 수 없는, 비밀

없는 세상이다.

역사는 냉정하고 옳게 쓰여져야 한다. 그리고 누구도 이를 마음대로 왜곡할 수 없는 것으로 지켜져야 한다. 역사로부터 진리를 가르칠 수 있어야 하기 때문이다.

북간도 용정에 있는 해란강을 바라보는 작은 산마루에는 '일송정'이라는 노송이 버티고 있다. 이 노송이 우리 민족의 정기라고 생각한 일본 사람들은 밤이면 야포를 쏴서 이 나무를 없애려고 했다.

그러나 야포들은 결코 노송을 쓰러뜨리지 못했고, 그 노송은 지금도 민족의 정기를 내내 지키고 있다.

과거의 역사를 들추는 일은 우리에게도 가슴 아픈 일이다. 그러나 일본인들의 역사의 왜곡은 우리 선조에게 저지른 만행보다 더욱 악한 것이다. 우리는 지나온 역사를 통해서 이를 배우지 않으면 안 된다.

한동안 세계의 경제를 주름잡던 거대한 일본은 지금 어디 있는가. 동양의 예의와 공중도덕을 자랑하던 일본은 지금 무슨 일을 저지르고 있는가.

이웃 나라를 침범해 수많은 생명을 앗아가고도, 세계평화를 위한 전쟁이었다고 한다. 그 전범들의 위패를 모아놓고 참배를 하면서, 그것은 자기 나라의 내부 일이니 내정간섭하지 말라고 한다.

꽃다운 나이의 처녀들을 강제로 끌고 가 군인들의 노리개로 짓밟아버리고, 그들이 자발적으로 한 일이라고 주장한다.

천 년 넘게 우리 땅이었던 독도를, 자기네 땅이라고 우기며 잘못된 교과서를 만들어 후세에게 가르치려 한다.

왜곡된 역사와 억지주장을 내세우는 일본의 새 내각은 무엇을 보여주고자 하는 것일까. 새 내각과 일본에 대한 희망이 사라지기 일보 직전이다.

민속춤과 노래
— 이민 100주년을 축하하며

리치먼드 변두리는 일찌감치 어둠이 내린다. 95번 국도 남쪽으로 시내를 질러 내려가면, 합창 연습시간이 끝날 때쯤에 겨우 김대건 성당에 닿을 수 있겠다. 주말 당직을 간신히 끝내고, 병원 문을 박차고 달려간다.

5월 10일 리치먼드 회관에서는 제6회 아시아 아메리카의 축제가 열린다. 한국 이민 100주년 기념행사가 곁들여지는 것이다.

몇몇 사람의 도움으로 리치먼드 연합 합창단이 구성되고 두 번째 연습이 진행되고 있다. 노래를 좋아하는 사람들이 모이기는 했지만 이민 100주년을 기념해서 진심으로 감격과 감동으로 헌신하고자 하는 동포들의 모임이라는 것은 의심할 여지가 없다.

100여 년 전 하와이의 사탕밭에서 외로움을 달래가며 이민 역사를 일군 우리 선조들을 생각한다. 예나 지금이나 별로 다를 것 없는 길고 긴 시간을 우리는 일에 묻혀 살고 있다. 그러나 지금은 한국인의 긍지와 자부심이 고조되고, 어느 분야, 어느 지방을 막론하고 미국사회에 대한 한국인의 기여도가 나날이 높이 평가되고 있다.

무엇보다도 높이 존경받는 근면성과 예의바름이 격찬을 받는다. 말없이 빨리빨리 서둘러 일을 제대로 마치는 사람은 한국인의 대명사다. 순박해서 어리석게 보일는지도 모르지만, 깔끔하게 일을 제대로 마무리짓는 사람이 한국인이다.

우리는 스스로 생각해도 아주 *끈끈한* 정이 있는 민족이다. 궂은 일, 싫은 일도 마다하지 않는다. 특히 초상이 나면 몰려와서 눈물을 씻어주고 함께 울어준다. 교회나 절이나 한국 학교는 그 수를 셀 수 없이 늘어나고, 사람들은 동포가 그리워 동포들이 모이는 곳을 찾아와 서로의 빈 가슴을 채운다.

오래된 도시에 웅장하게 자리잡고 있는 성당이 어둠 속에서 빛나고 있다. 주위는 깔끔하게 정돈되어 있다. 성당 안은 미사가 금방 열리기라도 할 듯 불이

밝혀져 있어 정숙과 경건함이 흐른다.

조금 열린 소예배실 안에서는 경쾌하고 맑은 경복궁타령, 몽금포타령의 노래가 복도로 퍼져가고 있었다. 하루의 피로가 마음속으로 녹아내리며 경쾌해지기까지 한다.

복도 저편에서 신부님이 나와 똑같이 웃고 계신다. 가까이서 보니 그분의 눈가에 눈물이 흥건히 흘러내리고 있다.

"너무 좋아요. 이렇게 근사한 음악을 들을 수 있으니."

멋쩍게 예배실에 들어가 맨 뒷좌석에 앉았다. 성가대들은 아무도 뒤돌아보는 사람 없이 노래에 열중이다. '오 뷰티풀 아메리카' '글로리 글로리 할렐루야' 미국 국가를 연습할 때는 또 다른 감격으로 목이 멘다.

아! 어려웠던 나날들, 억울했던 일들, 회의와 좌절로 가슴이 쓰렸던 이민생활의 역경이 파노라마처럼 펼쳐지며 강렬한 피아노의 음률같이 나의 마음을 뒤흔든다. 지휘자는 힘차게 지휘봉을 흔드느라 흐르는 땀을 닦을 새도 없다.

연습이 끝나고 대원들이 식당 옆을 지날 때 노 신부님이 그들을 불러세웠다.

"여러분들은 참 장합니다. 동포애로 뭉쳐서, 우리가 누구인가를 우리 모두에게 보여줘야지요."

노 신부는 그들을 멀리까지 배웅해주셨다.

풍요로운 계절, 버릴 수 없는 것은

    나의 11월 달력에는 '가을이 오는 소리'라고 적혀 있고 나뭇잎이 떨어져 바람에 날려가는 모습이 그려져 있다.

    그 떨어진 낙엽을 긁으면서 가을이 시작되는가 싶으면 추수감사절이 지나면서 끝이 난다.

    무슨 연유에서인지 가을이 되면 나는 집 안에 쌓인 볼품없는 것을 내다버리는 일로 일 년을 정리한다. 아니 정확히 말하자면, 내다버리는 것이 아니라 그런 대로 보기 좋게 다시 쑤셔넣는 일이다.

    사진첩이 그렇고 잡지가 그렇다. 아이들의 노트와 프로젝트로 만든 작품들도 버리려고 했다가, 그 아이들이 크면 가져가도록 하자고 다시 쌓아놓는다. 이러다보니 새로 이어 낸 지붕 아랫방도 잡지와 아마추어 작품들로 가득 찬다. 간혹 아이들이 어디선가 주워온 조가비와 조약돌까지도 매년 추방을 면하는 바람에 어느 구석엔가 또 터를 잡는다.

일회용 면도기도 버리지 않고 두는 덕분에 정말 잘 드는 면도기를 찾지 못해서 오늘 같은 불상사를 치르게 된다. 아침 회진 중에 나이가 지긋한 간호사가, 선생님은 오늘부터 콧수염을 기르시는 거냐고 물었다. '아차, 오늘 오래된 면도기를 사용했구나' 하고 집에 가면 반드시 그 많은 낡은 면도기를 다 버리겠다고 내심으로 다짐했다.

그러나 사실 막상 버려야 할 것은 '괜한 걱정'이다. 다시 말해서 쓸데없는 걱정이다. 빽빽한 스케줄이 잡힌 오늘, 차의 바퀴가 펑크나면 어쩐단 말인가, 아내가 비행기를 탔는데 괜찮을까……. 겨우 이런 쓸데없는 걱정을 하는 것이다.

사람은 걱정과 더불어 산다. 걱정도 팔자라는 말도 있듯이 걱정은 병이다. 남이 아프다는 이야기를 들으면 곧바로 자기도 그럴 거라고 자기최면에 걸리게 되어 병을 만들어낸다. 실로 많은 사람들이 이런 증세로 병원을 찾고 때로는 의사를 골탕먹이기를 밥먹듯 한다. 불필요한 검사를 하고 그러다가 자칫 수

술까지 받게도 되는 것이다.

또 버려야 할 것은 '불평'이다. 미국 문화에 오래 젖다보니 틀린 것을 그냥 지나칠 수 없다.

사실 미국 사람들은 말이 많다. 가만히 듣노라면 그들의 수다가 거의는 불평과 비난의 집대성이다. 무던하게 불평없이 꾸준히 참고 사는 우리 민족이야 말로 자랑스럽다.

또 내가 버려야 할 것이 있다. 핑계다. 그래서 나는 내가 핑계를 대는 것인가, 아닌가를 분별하려는 버릇까지도 생겼다. 교통이 혼잡해서 늦었습니다, 너무 바빠 나오느라 잊고 왔습니다, 너무 피곤해서 일찍 잠들어 전화를 드리지 못했습니다……. 핑계는 얼마든지 댈 수 있다. 그러나 사실을 뒤집을 수는 없다. 단지 구차한 자기변명이 되는 것이다.

뭐니뭐니해도 제일 버려지지 않는 것은 습관이다. 예를 들어 잘 웃는다든가, 위를 보고 걷는 그런 것들이다. 내 웃는 사진을 보고 어떤 사람은 내가 너무 바보처럼 웃고 있다고 핀잔을 준다. 처음에는 언짢게 들렸지만, 지금 세상에 돈을 내고 웃는 습관을 배우기도 하는데 하고 비난의 여지가 있는 나의 웃음을 개의치 않기로 했다.

또 내가 위를 보고 걷는 것도 그렇다. 하늘을 바라

보며 걷는 것이 무슨 흉이냐며 나는 지금도 변함없이 위를 보고 걷는다.

　버려지지 않는 이런 습관들이 남들에게 해만 가지 않는다면 무슨 상관이랴!

　어쨌든, 좋아하지는 않아도 칠면조가 놓인 식탁을 가족들과 마주하고 한 해를 나름대로 정리하며 금빛 가을을 보낼 수 있다는 것은 감사한 일이다.

사랑하는 나의 이웃들 1
─ 아드리 안나의 방황

    안나는 18세다. 비행장까지 가는 동안 안나는 한 마디도 하지 않았다. 삼촌도 내내 침묵했다. 한국으로 돌아가는 안나가 비행기를 타기까지는 마음을 놓을 수가 없다. 삼촌의 무거운 밴은 시끄럽게 소리를 내며 달렸다.

    삼촌이 땀을 흘리며 커다란 트렁크 두 개와 바이올린 박스를 겹쳐 들고 탑승 수속을 하러 갈 때, 안나는 작은 책가방을 손에 들고 유유자적하듯 걸어갔다. 수속이 끝나자 안나는 인사도 없이 개찰구로 사라졌다.

    삼촌은 돌아가는 길에 지난 1년의 고뇌를 되새겨 본다. 안나를 잠시만 맡아달라고, 형수로부터 전화가 온 것은 1년 전. 그 당시 안나는 이름난 사립학교에 다니고 있었다. 그 아이를 공립학교로 보내고 싶다고 할 때, 삼촌은 엄청난 학비 때문이려니 짐작하여 쾌히 승낙했다.

안나는 검정색의 진 아래윗도리에 하얀 배를 드러내놓고 핑크색 물감을 들인 짧은 머리를 하고 왔다. 여기저기 주렁주렁 매달린 흰 쇠사슬들이 허리며 손에서 반짝이고 있었다. 삼촌은 놀란 표정을 감추며 그냥 웃음으로 맞이했다. 십여 년 전에 보았던 맑고 큰 눈에 흰 살결, 까만 머리를 가졌던 안나의 모습은 온데간데없었다.

삼촌 동네의 공립학교는 공부가 그리 쉽지가 않다. 11학년은 더욱 그랬다. 안나는 아침 시간에 늘 늦었다. 엄마가 렌트해준 차는 삼촌이 직장에서 올 때쯤이면 집앞에 없었다. 친구 집에서 공부하고 온다고 했다.

안나의 머리는 더욱 산발이 되어가고, 끌리는 바지는 더욱 아래로 처져 내리고, 검정색 윗도리는 그 아이의 얼굴을 더욱 어둡게 했다. 성적표는 수학과 자연과학만 A를 받고 나머지 과목은 낙제를 받아 왔다.

안나는 졸업반이 되면서부터는 아침 일찍 나가는

삼촌이 몇 번씩 깨워도 일어나지 않았다. 그래서 겁이 더럭 난 적이 한두 번이 아니다. 혹 이 애가 마약을 복용하는 것은 아닐까. 다 성장한 아이에게 꾸지람을 하는 것보다 선도를 해야지, 하며 한번도 화를 내지 않았다.

삼촌은 안나가 사흘씩이나 집에 돌아오지 않자, 꼬빡 뜬눈으로 밤을 새우고, 더이상 책임을 질 수 없다고 한국에 전화를 했다. 안나는 새벽에 아무 일 없었던 것처럼 태연하게 집으로 돌아왔다. 그리고 일주일 후에 귀국하게 된 것이다.

삼촌은 자신을 돌아봤다. 학교를 가기 싫어서 3년이나 쉬고 검정고시로 간신히 대학에 갔다. 군대를 마치고 미국에 이민 와서, 세탁소에서 청년기를 몽땅 바친 자신을. 반대로 형은 미국서 학위를 마치자 고국의 대기업체에 스카웃되어 임원이 됐고, 형수는 수련의를 마치고 개업을 했다.

무던히도 더운 어느 날, 삼촌은 차고 앞에 놓인 작은 소포를 열었다. 흰색 고무신이 들어 있었다. 그리고 깨알같이 쓴 안나의 편지가 있었다.

삼촌, 미안해요. 매일 저의 아침밥을 만들어주고, 지저분한 방을 치워주시고, 제가 밤늦게

돌아올 때마다 꼬박 밤을 새우셨던 삼촌. 그래
도 저에게 아무 말도 안 하시고, 제 빨래도 해주
시고……. 삼촌, 저는 이제 딴 사람이 됐어요.
저는 내일 중국으로 가요.

　우연히 삼촌이 읽던 김요석의 『잊혀진 사람들
의 마을』이란 책을 보고 느낀 것이 많았어요. 저
요, 나환자들이 사는 마을을 찾아서 떠나요.

　삼촌, 이제 제 걱정은 하지 마세요. 그리고 일
할 때 시원하라고 고무신을 보내요. 안녕히 계
세요.

안나 드림.

　그날 밤 오랜만에 형이 국제전화를 걸어왔다. 형
은 흥분해서 떨리는 목소리로 소리쳤다.

　"야! 안나가 만점이야. 국제대학에 수석으로 합격
했어."

　삼촌은 조용히 듣고만 있었다.

사랑하는 나의 이웃들 2
─ 톰 체이즈의 개

허드슨강 주위의 산들은 가을이 되면 온통 빨간색 옷으로 갈아입는다. 어떤 때는 강 위로부터 불꽃이 타오르는 것같이 장관을 이룬다. 스티븐은 숨쉴 새도 없는 저학년 생도 때부터 졸업 때까지, 짧은 저녁 휴식시간이면 이 언덕에 올라와 묵상을 했다. 동료들은 그를 '웨스트의 철학자'라고 불렀다.

사실 스티븐은 공상가가 아니었다. 그는 전략가였다. 교정에 서 있는 패튼 장군의 동상 앞을 하루에도 몇 번씩 지나면서 곰곰이 그의 아프리카 전술에 대한 생각과 연구에 몰두했다. 졸업 후에 그는 물론 기갑 병과를 택했다.

이라크 전선은 아득한 모래언덕을 사이에 두고 뜨

거운 열풍에 달구어진 무거운 탱크 속에 몸을 숨기고 끝도 없이 기다려야 했다. 스티븐 중위는 너무 긴장한 탓에 비 오듯 흘러내리는 땀도 더위도 잊고 있다. 무전병 톰이 자기 목에 감았던 수건을 그에게 건네주어도 그는 망원경에서 눈을 떼지 않는다.

눈 깜짝할 사이에 전투가 시작되었다. 미리 레이더로 조준된 포문은 보이지 않는 적의 탱크를 향해서 불을 뿜었다. 굉음과 함께 그 큰 모래언덕과 시커먼 적의 탱크가 함께 무너져내리고, 금세 불과 연기가 치솟아올랐다. 탱크 저격 제트기가 쉭 소리를 내며 탱크 위로 날아갔다.

적이 퇴각 후 열린 국도로, 스티븐 기갑 중대는 전속력으로 질주해 갔다. 톰은 콧노래를 불렀다. 덮개를 열어놓은 탱크 속으로 모래 섞인 바람이 제법 불어 들어왔다. 갑자기 로켓 탄환의 소리가 귓전을 스치는 순간, 불길이 톰을 덮쳤다. 스티븐 중위가 톰의 몸을 재빨리 감쌌다. 탱크는 불길에 휩싸였다. 둘은 정신을 잃었다.

차갑게 냉방되어 있는 사우디 메쉬 병동에 극심한 화상을 입은 톰은 흰 붕대로 온 몸이 감긴 채 누워 있고, 옆 침대에는 스티븐이 눈과 머리를 붕대에 감긴 채 잠들어 있다.

톰이 월터리드 병원으로 후송되어 온 지 2개월쯤 되었을 때, 스티븐은 어머니 손에 의지해 톰이 있는 중환자실을 방문했다. 톰의 증세는 전혀 호전되지 않았다. 그리고 톰은 끝내 스티븐을 알아보지 못하고, 다음 날 세상을 떠났다.

한 달이 지났을까. 톰의 아버지가 스티븐을 찾아와서, 스티븐의 어머니에게 톰이 전하는 편지 한 장과 골든 리트리버 개를 건네주고 갔다. 어머니는 톰의 편지를 읽어 내려갔다.

> 친애하는 스티븐 중위님!
> 저는 지극히 저를 아껴주시고 저의 생명을 위해 귀한 눈을 잃으신 중위님에게 은혜를 갚을 길이 없습니다. 제가 정성으로 키운 리트리버를 중위님께 드립니다. 저희 아버지가 지난 두 달간 길 안내 훈련을 마쳤습니다. 제가 할 수 없는 몫을 이 개가 저 대신 중위님을 위해 할 수 있기를 바랍니다.
> 중위님, 죄송합니다. 안녕히 계십시오.

프렌코니아에서부터 펜타곤 시티까지 톰의 개는 정확히 내릴 전철 정거장을 기억하고 있다. 스티븐이 내릴 곳에서 한 정거장을 더 가면 톰이 잠들어 있는 알링턴 국군묘지가 있다. 개는 스티븐의 마음을 깊이 헤아리고 읽을 줄 안다.

오늘은 펜타곤의 정보분석 문관실이 아니라 톰의 묘지라고 스티븐이 안내 지팡이로 두 번 전철 바닥을 두드리면, 전차가 정거하기 1분 전쯤에 톰의 개는 천천히 일어나서 스티븐의 다리에 얼굴을 비빈다.

톰의 개는 5열 10번째 톰의 비석 앞에 멈춰 섰다. 스티븐은 머리를 숙인다. 검은 안경을 벗어 손에 들었다. 그리고 속삭인다.

"톰! 자네는 나에게 눈을 주었네. 고맙네. 그리고 무엇보다도 귀한 친구를 주었네. 걱정 말고 고이 잠들게나."

사랑하는 나의 이웃들 3
― 슬픈 눈동자

　헬렌은 눈을 떴다. 찬란한 햇빛이 얼굴 위에 쏟아져내렸다. 늦잠잔 것은 아닐까 하는 헬렌의 가슴이 철렁했다. 바로 오늘이 첫 등굣날이다. 머리맡에는 어제 싸놓은 신발과 책가방이 나란히 놓여 있고 빙그레 미소짓는 엄마가 서 있었다. 헬렌의 가슴은 콩볶듯 두근거렸다.

　헬렌은 지금 만 일곱 살이다. 유치원 1년 중퇴다. 뉴욕 스텐튼 아일랜드로 이민 온 30대 중반 부부의 외동딸이다.

　헬렌이 아기였을 때 부모는 새벽에 페리 보트를 타고 출근했다. 헬렌은 두 살 반이 되도록 말을 할 줄 몰랐다. 헬렌은 옆 아파트에 사는 폴란드 할머니에게 맡겨져서 밤늦게야 엄마 품으로 돌아왔다. 폴란드 할머니가 깔끔히 돌본다고 했지만 엄마가 헬렌을 돌려받을 때 아이의 모양새는 말이 아니었다.

폴란드 할머니는 영어를 거의 할 줄 모르는 갓 이민 온 할머니다. 하지만 음악선생 출신의 피아노를 훌륭히 치는 피아니스트였다. 엄마가 헬렌을 찾으러 가면 아기는 바닥에 앉아 할머니가 모차르트나 쇼팽의 소나타를 치는 것을 물끄러미 바라보고 있기가 일쑤였다.

그러던 헬렌 부모는 청과상 주인이 가게를 파는 바람에 직장을 잃고, 델라웨어의 웰밍턴으로 이사했다. 공장들이 즐비한 도로가에 있는 잡화상점을 산 것이다. 이층은 살림집이고 아래층은 상점이었는데, 허름하기가 말할 수 없었다. 그래도 헬렌의 부모는 신바람이 났다. 자기가 처음으로 주인이 되는 기쁨 때문이었다.

그러나 상점은 손님이 없어 쓸쓸하기만 했다. 헬렌은 위층 아래층을 오르내리며 좋아했지만, 헬렌 부모는 점점 울상이 되었다. 밤이면 죽은 듯이 고요해지는 동네에서 집세도 낼 수 없을 만큼 장사가 되지 않았다.

아는 사람의 소개로 부모는 다시 메릴랜드로 이사

했다. 그냥 가게를 포기하고 새 일자리를 찾은 것이다. 볼티모어의 다운타운은 조금만 변두리로 가게 되면 위험했다. 방탄유리 사이로 물건을 사고팔아야 했다.

헬렌은 가게 뒷방에서 자랐다. 거의 밖의 햇빛을 볼 날이 없이 부모의 목소리만 들으면서 집 안에서 외톨이로 자라갔다. 헬렌의 얼굴은 창백해졌고, 말 없이 방바닥에 깔려 있는 숱한 종이마다 연필이나 크레용으로 잡동사니를 그렸다. 가끔 오줌을 지리기도 했다. 큰 눈은 슬픔에 잠기게 되었고 부모는 서둘러서 유치원에 입학시켰지만 헬렌은 좀처럼 가려고 하지 않았다. 유치원에 놓고 오는 날이면, 금세 선생이 전화해서 아이를 돌려보내곤 했다.

이 아이 하나 때문에 타향살이를 감수하고 있는 헬렌 부모는 이제 헬렌 때문에 일이 손에 잡히지 않았다. 위험하기는 해도 돈을 모아 여유도 생겼지만, 헬렌이 문제였다.

헬렌 부모는 우연히 피아노를 전공하는 대학원생을 만나게 되어 헬렌과 피아노를 갖고 놀아주기를 부탁했다. 헬렌은 피아노를 보자 무척 동요했다. 엄마는 그 나이에 말도 더듬는 아이가 무엇을 배울 수 있을까 했지만, 반대로 대학원생은 헬렌이 어떻게 피아노를 알고 있었는지 헬렌의 반응을 신기해하기만 했다. 헬렌은 신들린 사람처럼 피아노 건반을 가지고 놀았다. 대학원생은 엄마에게 헬렌의 진도에 대해서는 그냥 침묵으로 일관했다.

헬렌은 벌떡 침대에서 일어났다. 어제 이미 학교 갈 옷을 입고 잔 것이다. 거울 속의 헬렌은 학교에 대한 기대에 부풀어 눈이 빛나고 있었다. 여태까지의 헬렌이 아니었다.

사랑하는 나의 이웃들 4
─ 사랑을 모르는 사람

　밤늦도록 바느질을 하고 있는 나영은, 뉴스 속에서 긴 자동차의 행렬과 울부짖는 난민들이 나올 적마다 일손을 멈추었다. 아주 희미한 기억이 머리를 스쳐 지나가기 때문이다. 돌아가신 어머님께서 들려주시던 1·4후퇴 때의 피란길 얘기. 이별의 손을 흔들던 아버지를 원산 부두에 남기고 삼촌과 언니, 오빠, 엄마만이 간신히 LST에 올라 고향을 떠나셨다던 그 옛이야기.

　어머님은 그때의 아픈 추억을 돌아가시기 전까지 늘 되뇌이곤 하셨다. 그러면서 혹독하리만치 차가웠던 원산 앞바다를 한탄하셨다.

　어머니는 서울에 오셔서 나영을 낳고 세 남매를

홀로 키우셨다. 그리고 열세 살 때 나영은 큰아버지를 따라 뉴욕에 왔다. 큰아버지는 무역상사의 지점장으로 오셔서 부러울 것 없는 생활을 했다. 하지만 큰아버지는 나영을 남보다도 못하게 박대하셨다.

큰아버지의 둘째딸인 미영은 나영과 같은 학교의 동급생이었다. 큰아버지는 미영을 학교까지 직접 태워다주셨지만, 나영은 혼자 버스를 타고 다니게 했다. 음식과 용돈도 차별하여 주시는 큰아버지를 따라 큰엄마도 그렇게 했다. 미영에게는 고3때 차를 사주셨지만, 나영은 당연한 일이라고 생각했다. 조금도 그런 대우에 불평하지 않았다.

나영은 닥치는 대로 아르바이트를 했다. 추운 겨울에 전차와 버스를 세 번씩 갈아타고 학교를 다니며 일을 했다. 나영이 일하는 동안 미영은 맨해튼 카페의 재즈와 리듬&블루스에 빠져 급기야는 어느 피아니스트를 짝사랑하기 시작했다. 미영과 나영은 둘 다 학교에서는 우수한 성적을 올렸다. 그들은 대학에 진학했다.

나영은 장학금을 주는 대학을, 미영은 비싼 사립학교를 택했다. 물론 미영은 기숙사로, 나영은 교수의 배려로 교수 집 지하실 방을 얻었다.

그러던 중 미영은 데이트를 하던 피아니스트의 집

으로 짐을 옮겼다. 그러던 어느 날, 피아니스트가 나영에게 전화를 걸어 미영을 데리고 가줄 것을 부탁했다.

나영이 미영을 데리러 갔을 때, 미영은 잠옷 바람으로 침상에 앉아 있었다. 널려 있는 담배꽁초와 타다 남은 마리화나가 나영을 기겁하게 했다. 그토록 아름다웠던 미영은 이미 전의 미영이 아니었다.

나영은 영주권이 없이도 할 수 있는 일이란 무엇이든지 했다. 일 년 내내 음식점 매니저로, 어두운 암실에서 사진을 현상하는 일로, 오피스 매니저로……

큰아버지는 은퇴해 플로리다로 가셨고, 미영은 아직도 자신을 이기지 못한 채 덩치만 큰 아이가 되어 부모의 보호를 받고 있다.

나영은 한번도 자기를 위해 도움을 줄 수 있는 사람이 이 세상에 있다고 생각본 적이 없었다. 그래서 누구의 도움도 받지 않고 부지런히 일을 했다.

드디어 영주권을 얻게 되자 나영은 바느질 가게를 차렸다. 밤낮으로 일을 했다. 일을 빠르고 똑부러지게 해냈다. 손에서 피가 나도록 바느질 수선을 했다. 그러자 근처의 공군 기지와 공정대에서 그녀를 모르는 사람이 없게 되었다. 나영은 밤새도록 바느질을 하며, 자신의 손길이 닿은 군복을 입고 전쟁터로 가는 군인들을 위해 기도드리는 것을 잊지 않는다.

밤 열두시가 넘어 전화벨이 울리더니, 큰아버지의 차가운 목소리가 들려왔다.

"얘, 나영아! 여기 플로리단데, 지금 폭풍이 와서 너에게 가고 있다. 기다려라."

전화는 그리고 끊겼다.

창 밖으로 82공정대가 이동하는 듯 트럭 소리가 긴 밤의 정막을 뚫고 진동했다.

사랑하는 나의 이웃들 5
- 그림자 소녀

엘리자베스 호수의 새벽안개가 뽀얗게 수면을 덮고 있다. 몇 마리의 물새들이 수면 위를 미끄러지듯 날아간다.

쉐리는 아빠가 낚시 준비를 하는 동안 호수 곳곳을 천천히 살펴본다. 아무것도 달라진 것이 없다. 언제나 그렇듯 호수는 잠에서 깨어나지 않은 것 같다.

잔잔한 호수가 잠에서 깨어나기 시작하면 물고기들이 춤을 춘다. 수면에 작은 동그라미가 그려진다. 물방울이 튀어오르고, 아빠도 이때쯤이면 낚시를 드리운다.

쉐리는 들고 있던 접이의자를 아빠 뒤에 놓고, 화구를 열여 그림을 그리기 시작한다. 매주 일요일마다 이렇게 호수를 찾은 지도 벌써 몇 해가 된다. 쉐리는 이른 새벽에 아빠가 낚시 도구를 챙기면 재빨리 아빠를 따라나섰다. 아빠의 동무가 되고 싶었던 것이다.

아빠의 안색은 점점 더 새까매져갔다. 엄마는 아빠가 중한 병을 앓고 있어서 그렇지만, 잘 쉬면 나을 수 있다고 쉐리를 안심시켜주었다. 그래도 쉐리는 걱정을 떨굴 수 없었다.

어느 날 고모가 캐나다에서 왔다. 아빠의 얼굴에 오랜만에 화색이 돌았다.

고모는 다짜고짜 "오빠는 지금도 옛날 생각에서 헤어나질 못하는구려."라고 쏘아붙였다. 아빠는 피식 웃으며 고모를 가볍게 껴안았다.

그날 밤 쉐리는 고모를 자기 침대로 끌고 와 서툰 한국말로 물었다.

"한국에서 아빠는 무슨 일을 하셨어요?"

고모는 쉐리의 머리를 쓰다듬으며, 눈시울을 붉혔다.

아빠는 대학 재학 중에 나쁜 지도자에게 맞서서 싸우다가, 뼈가 부러지고, 칼로 찔리고, 나중에는 감옥에서 3년이나 갇혀 있었다고 했다. 그 이후 저렇게 아프기 시작했고, 고모가 캐나다로 불러들였다고 했다.

쉐리는 그때 깨달았다.

'아, 그랬구나. 아빠는 아직도 조국을 잊지 못하고 그리워하고 있었구나.'

쉐리는 도서관에 갈 때마다 아빠가 좋아할 듯싶은 한국에 관한 기사와 그림을 스크랩해서 아빠의 책상 위에 놓았다.

아빠는 아침이면 쉐리의 이마에 입을 맞추고 출근했다. 아빠는 20년 넘게 디트로이트시 버스를 운전한다. 쉐리는 학교에서도 아빠가 버스를 안전하게 운전하기를 기도하곤 했다.

운전석 앞에는 쉐리가 그린 호수의 그림이 매달려 있다. 아빠는 피곤할 때마다 쉐리가 그린 호수를 바라본다.

금요일 아침, 엄마가 간호사 가운을 입은 채 학교로 달려왔다. 쉐리는 아빠가 교통사고를 당했다고 짐작하고 눈물부터 흘렸다.

둘은 승강기를 타고 7층 병동까지 올라갔다. 엄마는 쉐리의 손을 꼭 잡고 이야기했다.

"쉐리야, 미안하다. 엄마는 아빠가 심하게 앓고 계신 것을 너에게 다 말해줄 수가 없었단다. 아빠는 심한 심장병을 앓고 계시다. 이제 우리와 함께 사실

수 없을지도 몰라……."

엄마는 쉐리의 손을 더욱 꼭 잡고 있었다.

아빠는 이틀 뒤 눈을 감으셨다. 아빠의 손에는 쉐리가 그린 물오리 그림이 꼭 쥐어져 있었다.

사랑하는 나의 이웃들 6

— 세 사람

리차드 중사는 지루하지만 느긋하게 활주로를 바라보고 있다. 땅거미가 지는데도 바그다드 비행장의 활주로는 아직도 이글이글 타오른다.

30명의 보충병들이 리차드 중사를 기다리고 있다. 리차드 중사는 마음이 무거워졌다. 자신은 직업 군인이기 때문에 국가가 명령한 의무를 지켜야 하지만 보충병들은 그렇지가 않다. 이 전쟁의 목적이 분명치 않다는 생각 때문에 자책감이 가슴을 파고들었다. 그래서 더욱 마음이 무겁다.

'신병들이 모두 안전하게 집으로 돌아가야 할 텐데…….'

입 속으로 수없이 되뇌이고 있을 때, 시꺼먼 수송

기가 군인들을 내려놓았다.

본국에서 오는 이들에게서는 미국의 냄새가 난다. 면도 후 바르는 신선한 로션 냄새이기도 했다. 신병들일수록 더욱 근사한 냄새를 풍겼다. 긴 그림자를 그리며 걷는 그들의 모습도, 구김살 없는 전투복도, 모두가 신선했다.

그중 리차드의 눈길을 끄는 사람들이 있었다. 세 사람! 그들은 모두 자기와 같은 한국인이라는 생각이 번쩍 머리를 스쳤다.

조니 리 이병. 그는 LA 출신이다. 부동산업자의 아들. 버클리 대학 중퇴. 키 180cm. 특기는 사격.

상수 김은 서울 출신으로, 대학 수학과 중퇴. 키 175cm. 특기는 유도.

캐니 유는 VA 출신. 고교 졸업. 키 178cm. 특기는 폭약 제조 및 분해.

리차드 중사는 그들의 신상기록을 훑어보았다. 자원 동기란에 캐니는 학비 마련, 김상수는 시민권 조기 획득, 조니는 생활의 변화를 위해서라고 적혀 있었다.

리차드는 세 사람을 자기 소대로 배치했다.

소대장이 부재중인 C소대는 리차드가 지휘를 했는데, 그는 항시 분대별 잠복 임무 및 비행장 진입로 수색에 앞장섰다.

중대장은 그가 신임하는 리차드에게 사고가 가장 많은 지역을 맡기고는 안심을 했다. 차량에 폭탄을 숨기고 수없이 들이닥치는 저항 세력 때문에 벌써 중대원 10명을 잃었다. 가끔씩 저항 세력의 거점인 강 건너를 수색해야 하는데, 이 특수 임무는 점차로 신병에게로 떨어졌다.

동이 트자마자 9명이 한 조로 차출됐다. 리차드는 마음이 아팠다. 세 명 중 그 누구도 뺄 수가 없었다. 이름이 불려질 때, 셋의 초롱초롱 빛나던 눈동자가 긴장으로 흔들렸다.

트럭의 엔진 소음 속에서 조니가 "녀석들의 궁뎅이에 총알을 박아주겠다."고 장담했다.

모두들 총개머리로 바닥을 치는 화답 때문에 긴장이 누그러졌다. 트럭은 굉음을 내고 달렸다.

드디어 트럭이 멈춰 섰고, 주택가로 진입이 시작되었다.

리차드 뒤에 조니, 상수, 캐니 그리고 5명이 간격을 두고 조심스럽게 따랐다. 갑자기 적막을 깨며 한 건물에서 AK총이 불을 뿜었다. 총알이 이들의 머리 위를 스쳐 지나갔다. 모두들 엎드렸다. 하지만 리차드의 외치는 소리에도 아랑곳없이 조니는 꼿꼿이 서서 조준경을 댄 M16의 방아쇠를 당겼다. AK는 다시는 울리지 않았다.

건물을 향해 상수와 캐니가 날렵하게 뛰어올라갔다. 문은 철쇠로 잠겨 있었다. 상수가 몸을 던졌다. 문짝이 안으로 떨어지며 안에 있던 두 명을 덮쳤다. 캐니가 개머리판으로 둘의 턱을 올려쳤다. 저격총을 놓고 쓰러진 자의 미간에서 총을 맞은 듯 피가 솟구치고 있었다. 상황 끝.

리차드는 쓰러져 있는 세 명의 두툼한 저고리를 총구로 풀어헤쳤다. 배 위에 두툼한 폭탄이 감겨 있었다. 모두들 멈칫 놀라 뒤로 물러섰다. 캐니가 앞으로 나섰다. 주머니칼을 꺼내어 천천히 뇌관으로 연결된 선을 끊었다.

상수는 서울이 그리웠다. 휴전선에서 함께 근무하던 전우들의 얼굴이 스쳐갔다. 그리고 사랑하는 숙이가 보고 싶었다. 눈을 감았다. 뜨거운 눈물이 뺨을 타고 흘렀다.

캐니는 성경책을 읽으면서, 상수를 바라보지 않으려고 애를 썼다.

조니는 어느새 코를 골며 잠에 떨어져 있었다.

리차드 중사는 뜨거운 천막 속에 누워서 선풍기가 달려 있는 천장을 바라본다.

'이 동생 같은 세 명의 한국인을 다치지 않고 집에 돌려보내야 할 텐데…….'

선풍기는 땀냄새가 진동하는 천막을 덜컹거리며 더위를 식히고 있었다.

사랑하는 나의 이웃들 7
- 친구여

마크는 의사 휴게실을 나와서 높은 천장의 긴 복도를 천천히 걸었다. 그의 가슴은 찢어질 듯이 아팠다. 방금 방영된 TV화면에 뉴올리언스의 참상이 그의 머릿속을 꽉 채워 혼이 나갈 것 같다.

얼핏 지나간 화면 중에 그는 초췌한 모습의 흑인 할아버지를 보았다. 울부짖는 얼굴들 가운데에서 유난히 할아버지만이 자기를 바라보는 것처럼 보였다. 그렇다. 뉴올리언스의 기숙사 할아버지다. 그는 '제발 살아만 주십시오'라고 중얼거리며, 2층 중환자실로 올라갔다.

리차드 대위는 산소 호흡기를 낀 채 눈을 감고 있었다. 새로 간 머리 붕대는 그의 얼굴을 환하게 했다. 평안해 보였다. 옆 탁자에는 모서리가 헐고 색바랜 자주색 성경책이 방을 지키고 있었다.

마크는 손을 리차드의 손 위에 포개고 무어라고 중얼거리듯 말했다.

마크와 리차드는 애틀란타에서 함께 자랐다. 리차드가 한 살 위이지만 항상 같은 학년의 죽마고우였다. 마크는 세심하고 리차드는 대담했다. 둘은 학교 축구팀의 명콤비였다. 마크는 윙백으로, 리차드는 포워드로 학교에 내내 우승컵을 안겨주었다.

둘은 졸업할 때까지 부모님들 가게에서 일하면서 자랐다. 가게가 문을 닫는 일요일에는 부모를 따라 교회에 갔다.

둘은 시간이 나면 아껴서 모은 돈으로 미국의 곳곳을 돌아다녔다. 한번은 뉴욕에서 집 없이 사는 경험도 해봤다. 추운 겨울 몬트악 포인트 바닷가에서도 잠을 잤다. 며칠을 굶어가면서 애리조나 사막을 밤새 걷기도 했다.

이 둘에게 갑자기 슬프고 어려운 날이 닥쳐왔다. 마크의 아버지는 강도의 손에, 리차드의 아버지는 지병으로, 이 둘의 고등학교 졸업을 보지 못한 채 세상을 떠났다.

둘은 졸업과 동시에 군에 입대했다. 리차드는 해

병대로, 마크는 해군으로. 운명은 이들을 꽁꽁 묶어 놓고 있었다.

리차드가 아프리카의 미국인 보호작전에 투입되어 피투성이가 되어서 돌아왔을 때, 마크는 구축함 의무실에서 그의 상처를 치료했다. 마크가 의무병으로 쿠웨이트 침공시, 리차드는 그를 구해주어 다시 해후를 했다.

그 후 리차드는 그의 용맹과 투철한 전우애로 해병 장교학교를 마치고 이라크로 갔다. 마크는 뉴올리언스의 투레인 의과대학에 입학했고, 졸업과 동시에 베세스다 해군 병원에서 내과 수련의 과정 중이었다.

리차드가 바그다드 근교의 수색작전 중 머리에 총상을 입고 베세스다로 후송되어 왔을 때, 마크는 그를 알아보지 못했다. 얼굴까지 감긴 붕대는 마치 인조인간처럼 생명이 없는 듯 보였다.

응급실 당직이었던 마크는 리차드라는 이름을 보고 정신을 차릴 수 없었다. 아버지가 총탄에 맞고 쓰러졌을 때도 그랬다. 리차드의 머리에서 붕대를 둘 때 마크의 손은 심하게 떨렸다. 그의 눈에서 흐르는 눈물이 리차드의 창백한 얼굴에 방울져 떨어졌다.

마크는 병원을 나와 걸었다. 세상에서 사랑하는

사람들이 자기 곁을 하나씩 떠나가는 것만 같았다. 그는 하늘을 올려다보았다. 뉴올리언스의 기숙사 할아버지의 얼굴이 리차드 얼굴과 겹쳐서 떠올랐다. 4년 간 아버지처럼 그를 챙겨주었던 할아버지였다.

그때 병원의 긴급 방송이 들렸다.

"닥터 마크 김, 지금 곧 전투 복장을 하고, 애리조나 항공모함 의무대에 보고하시오. 목적지는 걸프만이오."

사랑하는 나의 이웃들 8
─ 철인의 길

    쉐난도 계곡은 이 두 청년에게는 끝없이 험난했다. 10마일을 죽을 힘을 다해 오른 산이지만, 정상까지는 아직도 5마일을 남겨놓고 있었다.

    색이 바랜 이정표가 있는 갈림길에서 둘은 쓰러질 듯 주저앉았다. 햇살이 나무 사이를 뚫고 그 둘의 얼굴 위에 환하게 비추었다. 그 둘은 소리내어 웃고 있었다.

    개구쟁이 철과 얌전한 현은 단짝으로, 유치원부터 함께 다녔다. 철은 한없이 분주한 아이였다. 현은 말수가 적고 침착한 아이여서 서로가 아주 대조적이었지만, 항상 서로의 장단점을 보완해가며 끝없는 우정을 지켜나갔다.

둘 다 어려운 이민가정에서 자라난 이들은 일찍부터 빈곤한 살림에 잘 적응했다. 추운 겨울에는 철이 현의 책가방 속에 장갑을 몰래 넣어주고 현은 철의 책가방 속에 털모자를 넣고 모른 체했다.

학교에서 야외 견학을 가게 되면, 들게 되는 비용 때문에 부모님께 돈을 달라기보다는 아프다고 조퇴를 했다. 그러고는 즉시 도서관에 가서 견학할 지역을 샅샅이 조사하여 다음 날 선생님과 반 아이들을 놀라게 했다. 이 아이들은 그렇게 부끄럽지 않은 즐거운 학교생활을 했다.

성적에 개의치 않고 무엇이든 재미있게 열심히 했다. 과제가 주어지면 어른처럼 작품을 만들어냈다. 철새에 대한 조사는 학교를 깜짝 놀라게까지 했다. 못가에 가서 밤을 새우며 억척스럽게 그 지역 철새의 동태와 이동을 가려낸 것이다. 둘은 전교에 깡통과 병 줍기 운동을 펼쳐서 모은 돈으로 가난한 학생들에게 노트를 사주는 사업을 추진했다.

철과 현의 부모님들은 일주일 내내 일하셨다. 두 집 다 대식구를 거느린 터라 자녀들을 제대로 돌보지 못했지만, 이 두 애들은 토요일 한글 학교와 주일 학교에서 필요한 소양교육과 생활 지침을 참신하게 따라갔다.

철은 고교 졸업식에 학생회장으로, 현은 최우수 학생으로 졸업사를 했다. 이 둘은 똑같이 자기 인생을 길잡이한 선생을 소개했는데, 어리둥절하게도 한글 학교의 젊은 유학생 선생을 일으켜세웠다.

"박 선생님을 소개합니다. 이분은 물리학 대학원생입니다. 저희에게 삶을 정직하게, 기쁘게, 열심히 살도록 가르치신 분입니다."

박 선생은 간신히 휠체어에서 일어나려다가 앉았다. 박수가 우레같이 터져나왔고, 현은 손으로 눈물을 닦고 있었다.

세월이 지나 철은 시카고에서 법대를 졸업했고, 현은 보스톤에서 외과 수련의를 마치고 버지니아 집으로 돌아왔다. 부모님들은 여전히 밤을 새우며 일하시고, 한국에서 이민 온 식구들은 집에 넘쳤다. 예나 지금이나 돗자리를 깔고 방 구석에서 잠을 잤다.

새벽같이 일어나 둘은 4년 동안 괴롭거나 즐거울 때 오르던 쉐난도 계곡을 찾았다.

둘은 다시금 정상을 향해서 오르는 것이다. 이들은 좀처럼 자기의 앞길에 대해 입을 열지 않았다. 현의 주머니에는 '국경 없는 의사회'가 보낸 비행기표가, 철의 윗저고리에는 '평화봉사단'이 인도네시아로 보내는 감사의 답신이 있었다.

사랑하는 나의 이웃들 9
– 푸른 날개

    K-2비행장은 안개가 걷히면서 천천히 그 모습을 드러내고 있었다. 활주로가 흰 상아처럼 가지런히 녹색 잔디 위로 길게 뻗어가다가, 깜박거리는 녹색 전광판 아래 멈추었다. 차 마이클은 달아나는 안개를 쫓듯 빠른 걸음으로 발을 옮겼다. 새를 쫓기 위해 손에 쥔 소총이 무거워 어깨에 메려는 찰나에 안개를 뚫고 햇살이 눈부시게 비쳐왔다.

    아, 그랬다. 차 마이클의 아버지는 늘 어린 마이클을 데리고 인디애나 폴리스 비행장을 순회했다. 그러면 마이클은 아버지 대신 긴 총을 짊어지고 잽싸게 아버지를 따라붙곤 했다.

    햇살이 눈부시면 아버지 뒤에 숨었다. 그래도 아

버지는 "새가 난다, 마이클! 방아쇠를 당겨." 외쳤
다. 그러면 마이클은 다시 잽싸게 나는 새를 맞히곤
했다.

차 마이클은 아버지가 그리웠다. 그가 여섯 살 때
쯤 아버지는 자기를 한국에서 입양해 왔다. 그리고
혼자서 마이클을 키웠다.

아버지는 제대 후에도 일과 마이클 외에는 관심이
없었다. 아버지가 당뇨와 고혈압으로 쓰러지기 전까
지, 마이클이 11학년이 될 때까지 아버지는 마이클
을 위해 온 정성을 다했다.

요양원으로 들어가기 전에 아버지는 '희망고아원.
어머니 차성애. 평택'이란 한글이 적혀 있는 메모지
를 마이클의 손에 쥐어주었다.

차 마이클은 혼란스러웠다. 그는 아버지의 극진한
사랑 때문에, 정말 세상에서 필요한 사람이 아두도
없었다. 수시로 병문안을 하면서 더욱 그렇게 느껴
졌다. 그는 간호사들을 내보내고, 직접 아버지의 대
소변을 받고 아버지를 씻겨 드렸다. 그런 마이클을
보며 아버지는 보이지 않게 눈물을 흘렸다.

요양원 생활을 한 지 1년 남짓 되었을 무렵, 다이
클의 졸업을 앞둔 일주일 전, 아버지는 한 번도 가본
적 없던 성당의 신부를 불러서 영세를 받았다. 그리

고 다음 날 눈을 감으셨다.

아버지는 자신의 연금과 모아놓았던 현금, 그리고 편지 한 장을 남기셨다.

차 마이클은 소총을 내려놓고, 왼쪽 윗주머니에서 편지를 꺼내어 조용히 읽어 내려갔다.

사랑하는 아들 마이클, 나는 너에게 정녕 아버지가 되고 싶은 것이 가장 큰 꿈이었다. 나에게 그런 꿈을 이루도록 기회를 준 네가 늘 고마웠다. 내가 살아 있는 동안 너의 친부모를 만날 수 있도록 주선하지 못한 것을 용서해라. 이제 너의 친부모를 찾아보렴.

사랑하는 아버지로부터.

카추샤 송 일병이, 안내소에 희망고아원 원장이 면회왔다고 소리지르며 뛰어왔다.

마이클은 소총을 송 일병에게 건네주고 천천히 안내소로 갔다.

안내소에는 부대장과 곱게 한복을 차려입은 원장이 기다리고 있었다. 원장은 유창한 영어로 고국으로 부모를 찾아온 차 마이클을 환영한다고 정중히 인사했다. 그리고 두툼한 손가방에서 낡은 사진 두 장을 꺼내 차 마이클에게 주었다. 한 장은 차 마이클

의 네 살 때 사진이고, 다른 한 장은 흰 저고리에 까
만 치마를 입은 젊은 여인의 사진이었다.

부대장이 우렁찬 목소리로, "다음달 자네가 입학
할 비행사 학교가 있는 팬사콜라에 너의 어머님이
살고 계신다, 축하한다."라고 말하며 전근 명령서와
사진의 여자 주소가 쓰인 메모지를 주었다.

사랑하는 나의 이웃들 10
— 달려라, 사마리안 투루퍼

    존 김 고속 경찰대원은 155번 도로를 따라 새까만 밤 속을 북쪽으로 주행하고 있었다. 초겨울인지라 발가락이 시려왔다. 새벽 2시의 고속도로는 캄캄한 바다처럼 어둠으로 덮여 있었다. 언덕을 넘자, 작은 불빛이 반딧불처럼 시야에 들어왔다. 김은 직감적으로 속력을 내어 따라갔다. 길 옆 표지판이 반사되어 55마일을 가리키고 있었다.

    미시간 번호판을 단 포드 웨곤은 70마일로 달려 레이더에 잡혔다. 김은 지붕 위에 있는 경고등의 스위치를 켰다. 하지만 웨곤은 멈추지 않았다. 1마일을 더 가서야 차가 도로가에 섰다. 김은 차에서 내려, 조심스럽게 웨곤으로 다가갔다. 그리고 유리창을 두드렸다.

차 안에는 젊은 친구가 핸들 위에 엎드려 있다가 머리를 들었다. 그는 졸고 있었다. 차 속의 의자에는 흰 가운과 책들이 가득했다. 그는 밤늦게 당직을 한 수련의로 보였다. 김은 따뜻하게 말했다.

"선생님은 조금 전에 위험하게 달렸습니다."

5년 전, 눈이 펑펑 쏟아지던 495국도에서 타이어가 터져서 차 속에 갇혀 벌벌 떨고 있을 때, 경찰이 타이어를 갈아주었던 추억을 지닌 김은 가족의 만류에도 불구하고 1년 전 고속 경찰을 지원했다.

주위 사람들이 "김이 더 좋고 안전한 직장에서 일할 수 있었을 텐데."라는 아쉬움을 영문학을 전공했던 김은 딴전을 부렸다.

김은 매일같이 남의 안전을 돌보며 살고 있다는 뿌듯한 자부심을 간직하고 어렸을 때 주일학교에서 들었던, 길가에서 강도를 만난 사람의 이야기를 몸소 실천하고 싶었다.

김의 상사는 그때마다 김을 나무랐다. "자네는 길가의 천사가 아니야. 주 정부가 자네에게 월급을 주고 있다는 것을 기억하게."라고.

김은 일요일을 빼고는 야근을 자원했다. 그리고

차출이 있을 때마다 자원했다. 동료들은 그에게 늘 감사했다.

김은 절대로 순찰차를 도로변에 숨기고 주행자를 단속해본 적이 없었다. 그는 가장 빈번히 경찰차를 파손시켰다. 김은 수도 없이 도로에서 속도위반 차들을 가려냈고, 난폭한 운전자들을 구속했다.

김은 주에서 가장 빠르게 경찰차를 몰 수 있는 대원으로 꼽혔다. 그의 손과 발 동작은 너무나 날렵하여, 총과 흉기를 꺼내는 범죄자들과 대치하거나 접촉할 때에 그들을 순식간에 제압했다. 특히 야밤 순찰시 그는 도로변에서 사고를 당한 이들을 돌보는 것에 기쁨을 가졌다.

새벽 3시다. 졸음이 깜빡깜빡 왔다. 대형 트럭이 밀려왔다. 그 뒤에 굉음을 내며 무스탕이 질주해 왔다. 경찰차를 발견하자, 무스탕은 전속력을 다해 빠져나갔다.

김은 정신이 번쩍 났다. 그의 몸이 뒤로 젖혀지며 차가 미끄러지듯 앞으로 질주해 나아갔다. 10분을 앞서거니 뒷서거니할 때 김의 왼쪽 창문에 별 모양의 구멍이 났다. 총이다. 김은 가장 빠른 속력으로 무스탕 앞으로 돌진했다. 또 한 방이 뒤창을 깨고 앞창까지 넓은 구멍을 냈다. 김은 차를 급정거할 듯 급히 브레이크를 잡다가 재빠르게 오른쪽으로 틀었다.

무스탕은 폭음을 내며 왼쪽 레인을 받고 옆으로 뒤집어졌다. 김은 차를 멈추고 급히 내렸다. 뒤집혀진 채 바퀴가 돌고 있는 무스탕의 뒷좌석에서 사람 둘이 손을 뻗으며 애원하고 있었다. 김은 구급차를 호출했다. 그리고 재빨리 하나씩 사람들을 끌어내렸다. 앞좌석은 찌그러져 있어서 아무것도 보이지 않았다.

김은 응급실에서 눈을 떴다. 어깨가 저려왔다. 왼쪽 손은 케스트로 둘러져 침대 머리 위에 달려 있었다. 어디에선가 낯익은 듯한 의사가 미소를 지으며 김을 내려다보고 있었다.

페루 미션

위험한 아이들

　요즈음 연달아 청소년들의 살인사건이 발생한다. 놀랍고 무서운 일이다. 이런 기사들을 볼 때면 아이를 키우는 부모들의 마음은 무거워진다.

　며칠 전 여덟 살 된 아이가 자전거를 훔치려고 다른 아이를 살해한 끔찍한 사건이 보도되었다. 또 두 차별하게 어린 학생을 상처 입히고 살해했던 열한 살, 열세 살 아이들은 법의 심판을 받고 있다. 사랑하는 부모를 살해한 아이, 기도하는 교우들을 저격하여 숨지게 한 학생. 듣기에도 끔찍한 죄목을 가지고 모두가 법의 심판을 기다리고 있지만 목숨을 잃은 어린이들이나 선생님들은 그들처럼 이 세상에 있지 않다. 그리고 그 가족들의 슬픔과 원망은 살인자들의 목숨과 바꾸기에는 너무나 크고 처절하다.

어째서 이런 일들이 일어나는가? 총기의 범람, 생명 경시 풍조, 살인의 보편화, 정신 질환, 환경의 악순환, 호기심이 초래한 실수……. 이런 것들은 정치·사회·경제·문화적 측면에서 그 원인을 찾을 수도 있겠지만, 가장 큰 이유는 '가정의 붕괴'라고 하겠다.

부모들이 아이들을 양육하고 교육하는 기능을 상실하고 아이들의 자율성을 너무 조장한 나머지 책임감이나 도덕관, 사리 판단력 등을 심어주지 못했다. 또 아이들을 잘 보살피던 부모들도 아이가 열서너 살에 이르면 그만 벽에 부딪쳐 포기하는 예가 허다하다.

가정은 사랑, 이해, 규범의 울타리이다. 아무리 편모 편부하에, 혹은 조부모에게 맡겨져 자라는 아이라 할지라도 가정이라는 울타리를 튼튼히 세우면 아이들에게 다가올 위험을 안팎으로 예방할 수 있다.

다음은 주의를 요하는 아이들의 모습이다.

1. 매사가 분주하고 정서가 불안정한 아이 2. 우울하고 숨어 지내는 아이 3. 부끄러움을 지나치게 타는 아이 4. 심할 정도로 수다를 떠는 아이 5. 감정이 죽 끓듯 하여 작은 일에도 쉽게 폭발하며 성품이

난폭한 아이 6. 말의 앞뒤가 맞지 않고 횡설수설하는 아이 7. 다른 아이를 지나치게 질시하고 경멸하는 아이 8. 웃음이 채 가시기도 전에 어느새 쉽게 울보가 되는 아이 9. 밤 늦게까지 빈둥대다 아침 늦게까지 잠자는 아이 10. 눈동자가 충혈되어 있고 학고 성적이 갑자기 떨어지는 아이 11. 즐겨하던 일을 갑자기 끊어버리고 부모에게 사사건건 따지며 반발하는 아이 12. 늦게까지 귀가하지 않고, 더욱 심하면 음식을 전폐하고, 옷맵시가 흐트러지는 아이 13. 기본적인 세면 목욕 등을 거르며, 무엇인가 골몰하거나 홀려 있는 아이.

이런 증상이 보이는 아이들은 증세가 심각한 상태임을 알아야 한다.

'우리 집 아이는 아니겠지' 하는 안이한 생각은 언제나 금물이다. 누구나 위험한 아이가 될 수 있다는 것을 항상 기억해야 한다.

지금이라도 가정의 울타리를 튼튼히 세우고, 수시로 점검하며, 도움을 줄만한 전문인의 의견을 묻고 상의하는 것이, 맑고 고운 우리의 아이들을 '위험한 아이들'로 만들지 않는 지름길이다.

위험한 아이들, 위험한 학교

  언제부턴가 아이들의 총기 사건이 일어나면서 학교는 마치 전쟁터처럼 여겨지는 위험지대가 되고 말았다. 이런 위험한 사건은 빈민 도시의 학교에서부터 중산층이 대다수인 교외 학교에 이르기까지, 학생들의 인종적 배경과 관계없이, 언제 어디서나 일어날 수 있음을 예고한다.

  이 위험한 아이들은 누구인가? 왜 이 아이들은 무고한 친구와 교사를 무참히 겨냥하고 살상하는 것일까? 이 아이들의 일부는 도무지 흠잡을 수 없는, 정상적인 학생들이었기 때문에 우리는 더욱 아연해질 수밖에 없다.

  이 아이들이 건전한 가정에서 부모의 사랑과 보살

핌을 받고 자랐다면 무엇이 잘못된 것일까? 그것은 청소년기에 가장 영향을 주는 사람은 부모도 아니고 그들이 좋아하는 우상들도 아니고 바로 자기 또래의 친구라는 것을 잊어서는 안 되겠다. 부모는 아이들을 잘 단속한다고 할지라도 밖에서 무엇을 모의하고 계획한다면 알 길이 없다.

그렇다고 부모가 아이들의 비밀을 정탐한다면 이는 곧 실패를 의미한다. 늘 아이들과 대화를 해야 한다. 하지만, 아이들은 부모와의 대화를 꺼리기가 일쑤다. 비밀스럽게 대마초를 피우는 일부터 시작하여 사제폭탄을 만들고, 총기를 구입하며, 꼴 보기 싫은 선생님이나 자기들을 짓누르는 규율과 감독의 울타리인 학교를 깜짝 놀라게 하고 싶을 수도 있다. 이런 충동에서 이들은 총기로 무서운 선생이나 교장을 무릎꿇게 할 수 있고, 숨막히도록 자신들을 억압한 학교를 완전 장악하려는 생각에 일순간이나마 사로잡힐 수도 있다.

학교는 이 위험한 아이들을 길들이기에는 너무 힘이 미약하다. 적은 월급을 받는 선생님들은 부모들의 몰지각한 압력에 쉽사리 굴복하는 연약한 태도를 보일 수도 있다. 규율이 무너져간 학교에는 삐뚤어진 학생들이 판을 치고, 부당한 인기와 더불어 허황된 명성을 구가하기도 한다.

이렇게 학교와 부모는 책임을 공유하지 못한 채 그것을 서로 전가하는 데 시간을 소모한다. 따라서 학교와 부모는 함께 공동전선을 펴 어떠한 희생도 막아내야 한다.

우선 학교는 위험한 아이를 골라내는 것에 치중하기보다는 유익한 배움과 서로 돕고 의지할 수 있는 과목을 채택해야 한다. 학생들을 시험과 숙제로 단련시키기보다는 자유로운 실험과 흥미로운 실습에 치중하는 과목을 편성해 가르쳐야 한다.

선생님은 교양 있고 희생적인 분들이어야 함은 물론이고 그분들은 넉넉한 대우와 함께 존경을 받을 수 있도록 대접해야 한다. 아이들에게 성적의 우열보다는 정직과 겸손 등 인격 함양을 강조해야 한다. 또 아이들의 친구들을 초대하여 자기 자식과 그들의 친구들이 무엇을 꿈꾸며, 어떤 목표를 세우는지 알 필요가 있다.

예를 들어 무엇보다도 자기 아이가 이기적이라면, 사람들의 이기심이 만들어내는 불행한 일들을 설명해줌으로써 아이들이 거울삼아 이기적인 성격을 고치도록 해야 한다.

또 시간이 나는 대로 아이들과 자연을 섭렵해보는

것이 바람직하다. 아이들에게 여름, 겨울의 봉사캠
프나 단기 선교에 참여토록 하고, 아이들을 먼 친척
이나 친구에게 보내 일을 시켜보는 것도 좋다. 이들
은 틀림없이 큰 깨달음과 함께 돌아올 것이다.

위험한 아이들과 위험한 학교는 현재의 교육제도
와 사회 및 가정환경이 불러온 결과물일 뿐이다. 제
도적·환경적 개선 없이는 이런 불행한 결과를 피할
수 없을 것이다.

대화의 가르침

어른들은 아이들과 대화하기보다는 가르치고 지시하기를 바란다. 어떤 사람들은 부모나 자식간에는 대화보다 훈계만 있는 것처럼 행동하기도 한다.

그러다보면 아이들이 입을 다물고 침묵으로 일관하게 된다. 그때 철문처럼 잠긴 입을 떼게 하는 일은 그리 쉬운 일이 아니다. 어떤 방법으로라도 닫힌 입을 열어서 그 속에 숨겨진 곡절을 듣고 싶은 것이 모든 부모의 심정이다. 그러나 그 뾰쪽 내민 입을 보고 있노라면 부모의 노기는 하늘까지 치솟는다.

이때 부모가 어린아이들이 부모를 장악하고 조종한다고 생각하면 대화의 거리는 더 멀어져간다. 더욱이 그런 태도에 대해 부모가 분노하게 되면, 그 결과는 걷잡을 수 없게 된다.

입은 마음의 문이다. 그러므로 마음이 즐거워야 입의 문은 저절로 열리게 마련이다. 시간을 두고 보라. 그렇게 뿌루퉁했던 아이가 노래를 부르고 흥얼댈 테니까.

진정한 대화는 서로 수평선상에 있을 때만 가능하다. 서로 한 치도 높거나 낮아서도 안 된다. 이러한 논리는 어떤 상대와 대화를 한다 할지라도 적용됨은 물론이다.

부모와 자식간의 대화에는 사랑과 정이 실려야만 한다.

"얘야, 내가 도시락을 서둘러 쌌는데, 어때 먹을 만하디?"

"엄마가 따뜻한 옷을 챙겨줬어야 했는데……, 많이 추웠지?"

"삼십 분이나 늦었구나. 걱정 많이 했다. 교통이 번잡해서 그랬겠지?"

가르치려면 훈계보다 자상한 배려의 대화가 효과적이다. 어린이들은 죄의식에 대한 자책이나 처벌에 대한 두려움으로 긴장하지 않아도 되고, 부모는 자식의 자초지종을 들을 수 있어 자식의 사정을 제대로 파악하게 된다.

대화를 하려면 분위기를 조성하라. 조용하고 기분이 상쾌한 곳을 찾아라. 서로 시간에 쫓기거나 서둘러 결론을 내려는 시도는 좋지 않다.

장난감·음악·스포츠·일기·유머·영화 등 먼 곳에서부터 접근하여 핵심에 이르는 매개물을 이용하는 것이 좋다. 점차 경계심과 긴장이 풀리도록 해야 한다.

성실하게, 진지하게, 순수한 마음의 자세로 아이들을 대하는 것이 좋다. 부모의 듣는 태도에 따라서, 또 진심으로 듣고 있음을 느낄 때 대화의 폭이 넓어지고 깊어진다.

어린아이와 대화할 수 있는 부모만이 그들을 잘 가르치고 키울 수 있는 것이다. 어린아이로부터 배울 것을 발견하는 부모는, 어린아이에게 장래의 꿈을 심어줄 수 있는 능력 있는 부모일 것이다.

우리 아이 길들이기

새학기가 시작되었다. 그동안 자유롭고 느긋하게 지내다가 이른 아침부터 등교하려니, 학생이나 학부모는 날마다 홍역을 치른다. 아이들을 깨우는 일, 씻기고 옷 입혀 학교 버스에 태우는 일까지 반복되는 이 과정은 처음으로 아이를 학교에 입학시킨 학부모에게는 그리 쉬운 일이 아니다. 또 처음 학교에 입학한 어린이들에게도 이것은 쉽지 않다.

학교가 모든 아이들에게 잔칫집 같으면 얼마나 좋을까. 그러나 일부 어린이에게는 학교가 도살장처럼 느껴지기도 한다. 오랫동안 알려진 학교 공포증이 바로 그것이다. 그래서 어린이가 등교하기를 거부하는 것이다.

나는 어린 시절 여동생이 학교에 가지 않으려고
해서 부모님이 애타하셨던 것을 지금도 생생하게 기
억한다. 어린 여동생은, 학교에 데려다주면 언제 왔
는지 벌써 집에 와 있곤 하였다. 나중에 안 일이지
만, 동생은 학교가 두려워서가 아니라 어머니를 떠
난다는 것이 쉽지 않았던 것이다.

아주 어린 아이들은 어머니나 또는 다른 보호자와
함께 지냄으로써 처음에는 자신이 분리되는 것을 이
해하지 못한다. 그러다가 어머니로부터 떨어져야 함
을 깨닫게 되는데, 이런 과정이 수월치 않은 아이들
에게는 유치원이나 어린이집, 초등학교에 갈 때 어
려움을 겪게 된다.

이런 증상은 주로 5~6세, 11~12세 그리고 이른
소년기에 자주 볼 수 있는데, 심적 두려움이 신체적
불편함으로 둔갑되어 나타나 두통, 배앓이, 몸살, 가
슴이 뛰는 등의 증상을 보이기도 한다. 또 등교 전이
나 학교에 도착하자마자 심해지지만, 주말이나 공휴
일에는 나타나지 않는다.

이런 증세는 갑자기 올 수도 있지만 서서히 올 때
도 있다. 특히 새로운 선생님이 부임해 오시거나, 다
른 학교로 전학가거나, 친구의 전학 및 질병의 발생
등을 전후해서 많이 볼 수 있다.

이때 부모는 등교 거부나 공포증을 초래하는 근본 원인이 무엇인지를 파악해야 한다. 아이들의 우울증이 원인일 수 있고, 다른 아이들에게 놀림의 대상이 될 때나 따돌림, 혹은 소외당할 때 등 심적 갈등이 심한 경우에도 볼 수 있다. 특히 아이들을 제대로 길들이지 못하는 부모들, 즉 엄살을 잘 받아주는 부모에게도 그 원인이 있을 수 있다. 또 어린아이가 심하게 아팠던 경험이 있거나 부모가 아이를 지나치게 애지중지할 때에도 볼 수 있다. 그래서 독자와 막내에게 많이 나타난다.

이런 어린이를 둔 부모는 확고한 의지로 어린아이를 학교에 등교시키도록 해야 한다. 점차 시간을 늘리며 학교에 적응시키는 것도 좋은 방법이다. 어린이의 정도가 지나치면 학교, 부모, 그리고 전문가가 삼위일체가 되어 노력해야 함은 물론이다.

열등생과 우등생

만사가 우열을 가리게 되는 세상이다. 그 중에서도 학업은 아이와 어른을 울리고 웃긴다. 이 절대적인 평가로 인해서 초·중·고·대학 생활이 좌우됨을 부정할 수 없는 현실이다.

열심히 해도 안 되는 과목이 있는가 하면, 재미가 없어 못하는 과목도 있고, 아예 하기 싫어서 점수를 못 따는 경우도 허다하다.

최근 진행되고 있는 SOL(표준학력검사)은 선생님·학생·부모들을 다 같이 울리고 있다. 왜냐하면 선생님은 자기가 가르치는 과목의 점수가 높아야 웃겠고, 학생은 표준치를 넘어야 웃겠지만, 부모는 이러나 저러나 아이들이 더 많은 시험을 치러야 하니

울 수밖에 없다.

버지니아 교육청의 잠정적인 평가는 학생들의 성적이 평준화될 수 있고, 선생님들의 교육 성과는 효율적이라고 기대하지만, 독창적이고 창의성 있는 교육의 원천으로부터 점점 멀어져간다는 우려를 낳고 있다.

사실이다. 그 자유스럽고 창의적인 미국 교육방침이, 한국·일본·싱가포르·대만의 교육정책을 따르려는 추세를 보이기 때문이다. 모두에게 심각한 문제이다. 이렇게 공부에 시달리면 학생들은 흥미를 잃을 것이다. 머리가 좋고 나쁘건간에 시험 치르기를 좋아할 리가 없다.

급진적인 아이들은 학교 성적 전체를 무시하기도 한다. 사실 그렇다. 학교 성적의 우열이 학생 장래의 성공과 실패에 표준이 될 수 없다. 그러나 현실은 두자비하다. 고교 졸업생 모두 자기가 바라는 대학에 진학할 수 없기 때문이다. 좋은 대학을 졸업해야만 꼭 성공하는 것도 아닌데, 유명 대학을 가려는 열기는 한국이나 미국이나 다를 바 없다.

미 육군사관학교 교정에는 작은 동상을 제외하고, 미국을 빛낸 인물들의 동상이 네 개 서 있다. 초급 생도가 들어가는 입구에 맥아더, 중반 생도 출입문에 조지 워싱턴, 생도대학교 출입구 쪽에 아이젠하워, 그리고 도서관 앞에는 패튼 동상이다. 네 개의 동상 중 유독 패튼 동상만, 학교의 넓고 트인, 허드슨강을 내려다보지 않고 학교 쪽 도서관을 보고 서 있다.

우스운 사연인즉, 패튼 장군은 재학 당시 학업이 부진했다고 한다. 그는 1년을 더해서 가까스로 졸업했다. 그러나 그는 야전에서 놀라운 전술 전략으로 독일 명장 롬멜을 물리쳐 세계대전 및 인류 역사를 바꾼 위대한 장군이 되었음은 잘 알려진 이야기다. 그래서 동상을 도서관 가까이 세워야 했고, 부인이 쌍안경을 첨가하라고 부탁하여, 그의 동상은 지금도 학교 도서관에서 책을 읽어야 한다는 열등생의 운명을 면치 못한다.

반면 맥아더 장군은 생도 시절 내내 열성적인 부모의 격려와 보호를 받았다고 한다. 그의 어머니는 그가 입학해서 졸업할 때까지 학교 방문소에서 거의 기거하였다고 한다.

맥아더 장군이 사관학교를 졸업한 이래 아무도 그의 성적을 깨는 후배가 없었다니, 어머니의 덕이 아니었나 생각된다.

누가 무엇을 성공하느냐 하는 질문은 적당치 않

다. 어떻게 성공하느냐 하는 문제가 있을 뿐이다. 성적이 불량했던 자녀들에게는 격려와 희망을 주어야한다. 학업은 성공의 길에 있어 아주 작은 일부분일 뿐이다. 낙오한 학생들에게 실의와 절망을 희망으로 바꾸어가도록 부모님, 형제, 친구의 격려가 절실히 요구된다.

젊은이들, 어디로 가시렵니까?

메기 워커 스쿨은 최초 흑인 여성 사업가를 기리기 위해 리치먼드에 세워진 학교다. 지금은 특수인재를 양성하는 고등학교인 거버너 스쿨이 들어서서 벌써 2년이란 세월이 지나가고 있다.

이 학교를 통해서 리치먼드 지역 인근 여러 개의 카운티에서 뽑혀온 수재들이 고등학교와 대학 학과목을 이수하고, 우수한 대학교로 진학한다. 졸업식 하루 전에 열리는 전야제는 졸업 예정자가 일일이 강단에 올라, 학창 시절을 회상하고, 앞날의 포부를 밝히는 뜻 깊은 시간이다.

강단 한복판에는 큰 스크린이 걸리고 학생과 학부모들이 한 사람씩 그 앞에 선다. 그리고 학부모와 친구들에게 자기를 소개하고 자신의 앞날을 마음껏 설명한다. 스크린에는 자기의 이름과 입학할 대학교의 이름이 적힌다.

상상한 대로 대부분의 학생이 법관이 되기를 희당한다. 그리고 일부의 학생들이 의사나 사업가가 되기를 꿈꾼다. 몇몇 학생이 작곡가나 예술을 하고 싶어한다. 극소수의 학생들이 교수나 선생이 되기를 바란다.

어느 한 학생이 아파라치안산을 일생 동안 완전히 걸어서 정복하겠다고 했다. 아무도 반갑게 박수를 보내는 사람이 없다. 그때 까만 얼굴을 한 학생이 오르자 우레와 같은 박수가 터져나왔다. 그는 흰 스크린 앞에 자랑스럽게 섰다. 그는 큰 미소를 짓는다. 그의 뒤에 적힌 학교 이름은 하버드 대학이다. 그는 진짜 아프리카에서 온 학생이었다. 그는 말 한마디 없이 미소만 짓다가 끊임없는 박수를 받으며 내려갔다. 그는 틀림없이 사투리 영어를 쓸 것이다. 그리고 마음속으로 자기의 꿈의 반은 이루었다는 기쁨을 갖게 될 것이다.

다음날 졸업식에는 버지니아주 최고 재판소 판사 레몬이 자기 뒤를 따르려는 많은 졸업생들에게 열가지 인생 지침을 이야기했다. 첫째는 하루에 한 가지씩 칭찬받을 만한 일을 하라. 둘째는 먼저 시작해 봐라. 셋째는 좋은 친구를 사귀어라. 넷째는 융통성을 가져라. 다섯째는 창의력을 발휘하라. 여섯째는 인생에서 치어리더가 되라. 일곱째는 죽을 때까지 배워라. 여덟째는 자신을 돌보라. 아홉째는 시간을 아껴라. 열 번째는 진정한 행복은 소유하는 데 있지 않고 나눔에 있다는 것을 기억하라.

이 유능한 젊은이들은 이제 시작이다. 무궁무진한 자원과 정보가 이들을 기다린다는 것을 그들은 곧 알게 될 것이다. 따분한 고교 교과를 떠나서 마음껏 자기가 좋아하는 학과를 택하며 새롭게 펼쳐질 인생을 설계하게 되는 것이다. 그들은 자부심을 갖고 수재 학교를 졸업하면서 이곳 저곳서 장학금도 받고 유명 대학으로 간다.

얼마나 행운아들인가. 이들은 혹 자만과 자기중심적인 생각 때문에 이기적인 유명인이 될 수도 있다. 만사가 그렇듯이 좋은 학교에서만 좋은 인물이 나는 것이 아니다. 좋은 학교란 훌륭한 선생님을 만날 수 있고 좋은 친구가 있다는 것이다.

참된 인생의 성공이란 올바른 가치관으로 최선의 노력을 다해 이루어내는 것이다. 많은 사람들이 올바른 가치관 없이, 그것을 위한 노력 없이 허황된 성공만을 꿈꾸며 살기 때문에 종래에는 비탄과 절망 속에서 살게 되고, 그들의 진정한 꿈을 이루지 못하게 되는 것이다. 수재들을 배출한다는 학교도 이제는 진리와 가치를 위한 교육을 등한시 하거나 실패하고 있다. 인생의 진정한 가치는 고난의 체험으로부터 끝없는 노력으로 얻은 진주 같은 것이다.

젊은이들은 세상을 두려워하지 말아야 한다. 두려워해야 할 것은 왜곡된 가치, 허황된 꿈이다. 모두가 저명한 판사가 될 수 없다. 물론 하버드, 예일 등의 명문대를 졸업해야만 될 수 있는 것도 전혀 아니다. 레몬 판사에 의하면 인생이란 묘비에 쓰인 출생일과 사망한 날 사이에 낀 점표일 뿐이라는 것이다.

그렇다면 우리 인간의 최고의 가치는 무엇인가? 그것은 다름아닌 최고의 선(善)이다. 선은 우리 가슴 속 깊이에서 솟는 샘물 같아서, 베풀면 베풀수록 더더욱 솟아나 흘러넘치게 된다. 그 샘물을 서로 나누어 마심으로써 우리와, 타인의 인생을 풍요롭게 만드는 것이다.

젊은이들, 이제 어디로 가시렵니까?

좁은 문에서 넓은 문으로

대학생들이 그렇게 바라던 자랑스런 사각모를 쓰고 정들었던 혹은 지겹게 느껴졌던 상아탑을 떠난다. 생각만 해도 흥분되는 일이다. 전통적으로 졸업반들은 학교에 기념이 될 만한 선물을 증정하는 것이 상례다. 학교와 교수들에게 감사의 뜻을 전하며, 또 졸업반의 특별한 전설을 남기려고 졸업 행사에 없는 깜짝쇼를 계획한다. 그런 일들은 으레 졸업 축하 전야제에 예기치 않게 일어난다. 맥아더 생도 외 몇 명은 학교 지붕에 거대한 야포를 올려놓았다. 공병대가 며칠을 걸려서도 못 해낼 일이었다. 또 MIT 대학 졸업반은 캐딜락 차를 대학 돔 꼭대기에 보란 듯이 올려놓았다.

이러한 명문대학들의 입학문이 얼마나 좁았었는지 짐작할만하다. 유례없이 총명했던 맥아더만 해도 사관학교를 재수를 해서야 입학을 했으니 학교에 대한 그의 자긍심을 이해할 수 있다. 그가 입학하게 된 사관학교는 마침내 이 시골뜨기 생도를, 미국이 낳은 이 시대의 영웅으로 탄생시켰던 것이다.

한국의 도올도 좁은 대학 문의 비애를 맛보았고, 대학 시절을 도서관에 처박혀 고전을 섭렵하고 나서야 하버드 대학에까지 갔다고 아픈 마음을 이야기한다.

역시 많은 지원자들 가운데 선별하여 좁은 문의 모든 것을 마음껏 향유하도록 허락하는 것임에 틀림없다.

대학은 자신을 확장시켜주는 학문이라는 보고의 통로이자, 자기 삶의 방향을 제시해주는 나침반의 역할을 해주는 곳이다. 이 생활을 체험해보지 못한 사람은 어떤 의미에서는 불행하다고도 할 수 있다.

의사가 환자의 환부만 치료하는 것을 경계시켜주는 곳이며, 자기의 한을 풀기 위해 법을 공부하는 사람에게도 법을 객관적이고 공평한 방법으로 정의롭게 다루도록 가르쳐주는 곳이다. 부를 창출하기 위해 경제를 공부하려는 학생에게 자신의 부가 사회에 기여하도록 환원시키는 덕과 지혜를 가르쳐주는 곳이기도 하다.

이제 이 자랑스러운 젊은이들이 활짝 열린 사회로 나설 때 대학에서 꿈꾸었던 이상은 온데간데없고, 혹 낯선 현실과 대면하게 될지도 모른다. 그러나 실망은 금물이다. 틀림없이 자신의 축적된 지식의 보고를 유익하게 활용할 때가 언젠가는 올 것이다. 추진력과 성실함이 절대 필요하다. 창조적이고 긍정적인 사고는 닥친 위기와 사고를 극복하게 한다. 그리고 열린 문을 향해 나설 때 자신의 정직함이 바로 열린 문을 통과할 수 있게 하는 열쇠가 된다.

해가 동편에 뜰 때까지 잠잘 수 있었던, 자유롭게 젊음을 만끽하던 학창 시절은 끝났다. 이제 현실에 맞서 독립적으로 책임 있는 삶을 시작하는 것이다. 열린 문을 향해서!

자연과 더불어

아이들에게 방학은 대단히 큰 선물이다. 학교라는 구속에서의 해방된 그 기쁨은 말할 것도 없거니와 선생님이나 부모로부터의 잔소리를 덜 듣게 되기 때문이다. 그러나 부모에게는 어깨가 무거워지고 걱정이 태산처럼 앞서는 기간이다. 방학 동안에 책을 대하지 않고 비규칙적인 생활로 인하여 아이가 나태해지거나 혹 시간낭비를 하게 되지는 않을까 하는 생각이 들기 때문이다.

그러나 그것은 부모의 헛된 기우에 불과하다.

보라. 만약 뉴턴이 뜰에 나가 사과나무를 바라보지 않았더라면 만유인력을 발견할 수 있었을까? 벤자민 프랭클린이 들판에서 연을 날리지 않았더라면 전기의 비밀을 깨우칠 수 있었을까?

나는 어린아이들이 방학 동안 들과 산, 바다에서 마음껏 뛰놀며 자연을 관찰하고, 자연을 벗하며 사랑하기를 바란다.

자연보다 더 좋은 선생이 있을까?

맑고 푸른 하늘을 우러러보며 순결하고 착한 마음을 배우고, 깊은 숲과 높은 산을 걷고 오르며 의지와 웅대한 꿈을 키우고, 망망한 대해와 광활한 대지를 바라보며 인내와 용맹을 터득하는 것처럼 보람된 것이 있을까. 자연을 통하지 않은 경험과 지식은 결코 진리에 가까이 갈 수 없기 때문이다.

상자갑 같은 도시 속에서 자라나는 아이들은 만들어진 병정들처럼 연약하고, 편협하며, 집착하는 성향이 많다. 또 최근에 일고 있는 대학의 조기 입학 준비를 위한 학습열은 위험천만이다. 좋은 성적으로 우수한 대학에 진학하려는 생각은 잘못이 없지만, 어린이들이 자연과 벗하며 정상적으로 폭넓게 자라날 기회를 빼앗는 일은 바람직하지 않다.

정치인이나 경영인, 과학자나 예술인 모두 자연의 논리를 터득하지 못한 사람은, 편협된 사고와 자기중심적인 사고로 인해 자신의 인간관계가 순탄하지 않음을 겪게 마련이다. 그렇게 해서는 인생의 진정한 성취를 알지도 못하고, 얻을 수도 없게 된다.

자연이 우리 아이들을 가르치게 하자. 그래서 아이들을 자연과 인류에 크게 공헌할 수 있는 사람들로 키우자.

자연이 있기에 초조하지 않으며, 자연과 더불어 조급함 없이, 순수한 마음을 간직한 채 마음껏 자라나도록 우리 어린이들에게 자연의 기운을 심어주자.

마지막 잎새
— 청소년을 위하여

　나는 여러분이 늘 올바른 선택을 하기를 원하며, 정의로운 결단을 내리기 위해 부단히 알려고 노력한다는 것을 깨닫고 있습니다. 그리고 나에게는 여러분에게 콩 나와라 팥 나와라 할 아무런 권한이 없다는 것도 잘 알고 있습니다.

　그러나 나는 여러분이 앞으로의 인생을 살아가면서 수없이 해야 할 어떤 선택의 기준이 최선의 것이 되는가에 대해 몇 가지를 당부하고자 합니다.

　우리는 태어날 때부터 모두 평등하게 태어났습니다. 그리고 모든 사람은 평등하게 대우받는 것이 원칙입니다. 여러분도 남을 평등하게 대해야 합니다. 가진 사람, 없는 사람, 온전한 사람, 장애를 가진 사람, 유식한 사람, 무식한 사람, 얼굴 색깔이 다른 사람, 모두를 말입니다.

여러분은 남의 의사를 정중하게 받아들일 수 있어야 합니다. 지나치게 자기만을 주장하는 것도 옳지 않습니다. 특히 남을 경멸하거나 모욕하는 일은 절대로 없어야 합니다. 그리고 항상 스스로 분노를 삭일 줄 알아야 합니다. 그러면 이를 다행스럽게 생각할 때가 반드시 옵니다.

또 언제나 말을 실천에 옮기는, 말에 책임을 져야 합니다. 항상 생각하며 결단력 있게 말하고, 행동하면 실수하는 일이 없습니다. 언제나 한번만 더 생각해보면 더 좋은 결과를 얻을 수 있습니다.

사람이 한번 얼굴에 상처를 입으면 그 상처는 그리 쉽게 아물지 않습니다. 한번 헛된 말을 하게 되면 다시 돌이킬 수 없습니다.

올바른 결정은 결코 순식간에 내려지는 법이 없습니다. 체험을 바탕으로, 또 남이 걸어갔던 교훈적인 삶을 통하여 조금씩 배워가는 것입니다.

그리고 어떤 상황에 부닥치더라고 희망을 가져야 합니다. 희망이 없는 사람은 마치 해가 다시 뜰 것이라는 소망 없이 사막을 홀로 걸어가는 것과 다름없습니다. 절망은 전염병과 같은 것이어서 쉽사리 남에게도 영향을 줍니다. O.헨리의 「마지막 잎새」처럼 마지막 남은 하나의 잎새를 붙들려는 소망을 간직해야 합니다.

어느 학교의 운동장 한쪽에 젊은 군인의 동상이 서 있습니다. 이제 다 잊혀져간 그의 이름이지만, 그곳을 지나는 사람마다 동료 병사를 위해 몸을 던진 그 희생을 기리게 됩니다.

성공한다는 것은 부자가 되거나 명예와 권력을 갖는다는 뜻이 아닙니다. 바로 옳은 길을 끝까지 간다는 것입니다. 스스로 성공했다고 믿는 사람은 아직도 갈 길이 먼 사람입니다.

인생이란 예측할 수 없습니다. 그저 자신을 가꾸어나가면서 겸손히 살아가면 됩니다. 삶은 어두운 터널을 지나가듯 언젠가는 터널이 끝이 나고 새로운 문이 나타나는 것이라고 할 수 있습니다. 우리는 세상에 존재한다는 것만으로도 감사해야 합니다. 그리고 평화를 사랑해야 합니다. 인류가 존재하기 위해서 평화는 지속돼야 하며, 평화가 있는 곳에 하나님의 사랑과 축복이 있는 것입니다. 나는 여러분의 빛나는 눈동자와 하늘을 향한 꼿꼿한 자세를 봅니다. 그래서 여러분에 대한 기대가 큽니다.

아름다운 교회

서북쪽에 사는 친척 할아버지께서 집에 들르셨다. 여든을 넘긴 그분은 최근에 할머니를 여읜 탓인지 초췌하고 안쓰럽게 보였다.

세상은 이제 더 볼 것이 없다고 낙심하시고 서둘러 하늘나라에 가고 싶다고 하는가 하면, 그렇게 아끼고 사랑하던 교회를 세 번이나 옮기시고, 이제는 더 갈 교회가 없다고 넋두리를 하신다.

이분은 미국에 이민 오실 때도 교인들에게 폐가될까 해서, 공항을 떠나기 직전에 교회에 전화해서 "목사님, 저 오늘 이민 갑니다."라고 하셨단다.

할머니가 돌아가시기 전 본 교회 목사님이 모처럼 심방 오셨기에 너무 감사해서, 목사님께 큰 헌금을 드리면서 교회를 위해 써달라고 부탁했는데 그 헌금이 그만 사라져버렸다는 것이다. 그 후 할아버지는 다니시던 교회를 떠나셨단다.

성경 공부시간에 인간의 죄와 타락에 관한 토의 중 목사의 생활 보장과 대우를 주장하는 분과 희생을 앞세우는 신성한 목사직을 강조하는 분 사이에 심각한 논쟁이 벌어진 적이 있다. 물론 결론에 도달할 수 없었다.

독일에서는 모든 성직자가 봉급을 받으며 담당 교회를 섬긴다고 한다. 모든 국민은 종교세를 낸다. 이를 면세받기 위해서는 성년이 되면서 법적 절차를 밟아 교인이 되기를 거부할 수 있다. 이것은 최소한 교회가 부패하는 것을 막을 수 있는 하나의 방편이 되는 것이다.

일전에 교회 발전을 위한 평가 세미나가 있었는데, 자기 교회의 장단점을 열거하는 가슴 아픈 문구들을 볼 수 있었다.

'교회가 너무 차갑다. 교만한 사람이 많다. 교인간에 차별이 심하다.' 더욱 심각한 비평은, '교회는 사회에 대해서 벽을 쌓는다. 교인은 점점 노령화되고 중년과 젊은이들은 교회를 빠져나가거나 등을 돌린다'는 내용들이었다.

젊은 세대들은 자기의 담을 헐고, 교회 문을 활짝 열어 사회봉사에 적극 나서야 하며, 젊은이들이 봉사생활을 할 수 있도록 더욱 다양한 프로그램을 거발해주도록 요청하고 있다.

뉴욕의 그라운드제로에서 손이 부르튼 소방대원들이 눈물을 감추려 애쓰며 기도하는 모습이 보인다. 폐허가 된 아프가니스탄 비행장의 차가운 땅에 누워 짧은 삶을 마감하는 공정대원의 죽음을 신부와 야전 의료병이 지켜보고 있다.

중국 오지 어디에선가 헐벗은 나병환자들을 돌보고 있는 김요한 목사의 서신은 대지가 말라 비틀어져 모두 가사상태 일보 직전, 간절히 기도를 드린 덕분에 비가 내렸다고 알려왔다. 그리고 그들이 영양식으로 간주하는 굵은 지렁이들을 은총처럼 내리신 것에 대한 감사가 목자들의 기도를 통해서 올려지고 있다.

청소년들이 그들의 교육관을 짓기 위해 또 수난절을 지키며 30시간 금식을 한다. 한 가정의 세 자매가 모두 음식을 철폐하고 서로 위로하며 기도하고 허기를 이기려고 애를 쓴다.

그런데 왜, 함께 찬양을 하던 믿음직스런 청년이

보이지 않고 눈물을 함께 흘리며 멕시코 오지에서
봉사를 하던 오랜 교우도 떠났을까. 무엇이 그들을
교회로부터 떠나게 했을까?

작은 기적을 만드는 사람들

　조용한 음식점에서 전 목사는 짙은 푸른색 양복을 산뜻하게 입고 나를 맞아주었다. 근 20여 년 만의 만남이었다. 그에게는 이제 전형적인 목사 티가 배어 있었다. 근엄하다고나 할까, 단정한 모습으로 내 앞에 섰다. 금세 눈에 띄는 것은 머리에 흰머리가 보였고 약간 야윈 듯 피곤함이 역력했다. 그도 그럴 것이 추운 겨울의 동부로부터 며칠을 걸려 이곳에 왔기 때문이다.

　우리는 옛날 기억을 더듬으며 서로가 공유하던 기억을 찾아내려고 애를 썼다. 하지만 너무 오랜 탓이라 실타래가 풀리지 않았다. 그가 먼저 기억을 더듬어가며 말했다.

그는 고국에서 대학을 다니다가 미국에 왔다. 그리고 주립 공과대학 재학 중 목사가 되고 싶어 신학교를 찾았다가 그 자리에서 입학 허락을 받았다.

내가 다니는 교회에 그가 전도사로 온 것도 바로 그때였다. 그때는 부스스한 머리에 약간 말을 더듬으며 불안해 보이기까지 했었다. 어려운 시절이었으니까. 그 이후의 그를 나는 기억하지 못한다. 그는 신학교를 졸업하고, 훌륭한 아내를 맞고, 북쪽에 있는 큰 교회 영어 목회자로 갔다. 그는 이 4년 동안 가장 힘든 목회 훈련을 받았다. 그는 학생들로부터 영어를 배우면서 그들에게 신앙을 심고 가르쳤다. 그에게 고통스런 시련과 연단의 시간이었다.

안식년을 맞아 그는 고향에 가는 것을 포기하고 폐허의 땅 니카라과에 갔다. 그곳 음식점에서 지금처럼 그는 편안히 식사를 하고 있을 때, 한 어린이가 창가로 다가와서 그를 물끄러미 바라보았다. 그 아이의 허기져서 허공을 향하고 있는 눈을 보고 그는 더이상 음식을 먹지 못했다.

전 목사는 그곳이 자신이 살아야 할 곳이라는 것을 그때 전율처럼 느꼈다. 그러자 그는 자기가 너무 많은 것을 가졌고, 버려야 할 것이 너무나 많다는 것을 깨닫게 되었다. 그의 부인도 두말없이 남편을 따르겠다고 했다.

그에게는 세 자녀가 있었다. 입양한 아이는 불구자에다 수시로 진료를 받아야 할 다섯 살도 안 된 아이이다. 아내는 변호사의 꿈을 접고 흑인 지역에서 교사로 일하고 있었다.

결정에 대한 확고한 신념을 가졌지만 막막한 심정이 들었다. 온 가족을 희생해가며 남을 돕는다는 것은 그렇게 엄청난 시험이었다.

그는 작은 기적이 일어날 것을 꿈에도 생각지 못한 채 서부의 한 교회를 방문했는데, 그가 니카라과로 선교를 간다는 소식을 어떻게 알았는지 니카라과의 땅 22에이커를 기증하겠다는 독지가가 나타났다. 또 그 교회는 그를 선교사로 파송하겠다고 약속까지 하게 된 것이다.

그는 온 가족을 이끌고 헐벗은 아이들을 위해서 척박한 땅으로 갔다. 얘기를 하는 동안 그의 눈에는 눈물이 촉촉이 고였다. 이제 그와 네 식구는 자신들을 필요로 하는 사람에게 그들의 아름다운 삶을 아낌없이 주려 하고 있다. 그는 니카라과에서 8년 간 담임 목사를 지내면서 새로운 사람으로 태어난 것이다.

낮은 사람을 섬긴 높은 성직자

　피터 대광장에서 숨을 죽이며 교황의 병세를 걱정하던 많은 사람들에게 창문을 열고 느린 손짓으로 답례하던 그분은, 끝내 가까이 하고 싶었던 수많은 사람들의 곁을 떠나셨다. 그러나 그분의 손길이 닿았던 세계의 수많은 사람들은 아직도 그분을 보낼 수 없다는 아쉬움으로 그분의 장례를 보기 위해 끝없는 행렬에 서 있다.

　그분은 일찍이 어머님과 형을 잃고 전쟁과 나치의 폭정 속에서 어린 시절을 보냈다. 자유와 평화를 갈망하면서 뛰어난 열정과 자연의 사랑 속에서 총명을 키웠던 그분은, 성장하면서 자유의 투사가 되어 억압받는 유대인을 나치의 탄압에서 구원코자 젊음을 불살랐다. 또 돌을 깎는 노역을, 화학공장에서의 잡일을, 고통과 고난의 역경을 헤치면서 시와 희곡을 써가며 자유로운 사상가로 다시 태어났다.

그분은 기독교의 박해 속에 비밀리에 신학을 공부하다가 부친이 세상을 떠나자 온전히 그의 인생을 그리스도께 바치게 된다. 그분의 헌신과 봉사가 작은 폴란드 시골마을에서부터 시작하여 세계 만민의 가슴 속까지 새겨지게 된 것이다.

젊은 청년들의 가슴 속에, 불우하고 가난한 사람들의 마음속에, 공산주의 억압 속에, 불구자에게 희망을 주며 생명과 영혼을 소생시키는 혼신의 열정을 그분 스스로 보이셨다. 무엇보다도 그분은 자신을 저격한 원수를 사랑하심으로 진실로 그리스도의 사랑을 실천하셨다.

두 팔이 없어 발로 기타를 치며 노래하는 청년을 보자, 그분은 무대로 찾아가 "당신은 잘할 수 있습니다. 꼭 계속 노력하셔야 합니다."라고 말하며 그를 껴안았다. 그분의 귓속말 격려를 들은 청년은 지금 노년의 음악인이 되어, 그분을 마지막으로 뵙고자 로마 광장에 모여 있는 긴 행렬 속에 눈물을 흘리며 섰다.

나는 어린 시절 소록도 봉사에 참여한 적이 있다.

우두커니 바다를 바라보고 있을 때『춘향전』을 편곡했다는 신부님이 다가와서 외로운 내 마음을 달래주었다. 지금 교황의 별세를 당하니, 그때 생각이 나서 깊은 감회를 자아낸다. 마치 나에게 아버지를 잃은 슬픔을 다시금 경험하게 하는 것일까.

그분이 우리들에게 남기고 가신 귀중한 증언은 겸손하고 온유하며, 낮고 낮은 사람들의 벗이 되며 단순하게 살아가는 것, 정직하고 순수한 아름다운 사람만이 하늘나라를 차지할 수 있다는 믿음이리라. 그 위에 원수를 용서하고 사랑하라는 그리스도의 가장 귀한 말씀을 우리에게 상기시켜주심이라. 이제 영원한 행복의 열쇠를 우리에게 남기고 가시는 위대한 성자의 서거를 애도할 뿐이다.

무숙자에게 사랑과 빵을

친교실은 온통 간이침대로 가득 찼다. 사람들의 온기가 따뜻하게 퍼져온다.

1년 전부터 사역팀이 준비한 이웃돕기의 일환으로 시작된 카리타스라는 프로그램이 진행 중이다. 상기된 얼굴의 봉사자들이 구슬땀을 흘리면서 폭찹을 튀기고 있고, 교실마다 식탁이 마련되어 있다. 손님 맞을 준비로 바쁘다. 일주일 봉사 중 벌써 사흘째다.

나는 사랑을 실천한다는 마음만으로 40여 명 노숙자들과 하룻밤을 지내는 당번을 자원했다.

마음이 두근거려온다. 사역 담당자가 여러 가지 주의사항을 일러주는데 걱정이다. 저녁식사가 시작되면서 40여 명이 넘는 이들이 식탁을 메우고 나는 그들 틈 속에 끼어 앉았다. 이들이 바로 길가를 헤매는 그 사람들이란 말인가.

한 번이라도 그들에게 제대로 도움을 준 일이 있었나 하는 자책감이 앞선다. 길가에서 구걸하던 사람들, 시내 공공건물 입구나 멋진 상가의 문턱에 쓰레기처럼 움막을 치고 있던 사람들, 누더기 속에 술병을 쥔 채로 잠드는 주정뱅이일 수도 있다.

내 옆에 앉은 사람은 낮은 목소리로 자기 과거를 간추려 말해준다. 이혼 즉시 집과 자식을 잃고 길거리에 나섰단다. 이제 한 달만 더 있으면 자립하게 된다고 나를 오히려 안심시킨다.

카리타스 프로그램에는 직장을 갖고 있으나 머물 곳이 없는 이들만이 선정된다고 한다. 그들은 그나마 다행인 편이다. 술, 마약을 하거나 싸우는 사람은 곧 제외된다니 적어도 희망을 가진 사람들인 것이다. 식탁에 둘러앉은 모두가 빈말이 아니라 한국 사람들의 친절을 극구 찬양한다. 이렇게 정성 들인 따뜻한 대접을 받기는 처음이란다.

코고는 소리가 요란하게 들려오는데 아직 겨우 열시다. 열한시에는 출입문을 잠근다. 발자국 소리가 끊어지고 42명이 고이 잠들어 있다. 가지각색의 슬픈 과거를 지닌 그들이 지금 잠들어 있는 것이다. 아무도 그 과거의 질곡을 알 길이 없다. 내일 아침 다섯시면 일어나 아침식사와 점심 도시락을 들고 대기해 있는 버스를 타고 출근하게 된다.

나는 잠들 수가 없다. 마치 전쟁터에서 잠들어 있는 병사들을 지키듯, 누가 이들의 생명이라도 빼앗아갈 것처럼 시간마다 깨어 문을 단속하고 다시 잠자리에 든다. 정말 내가 이들과 함께 있는 것이 신기하다. 내 간이침대는 훨씬 크고 편한 것인데도 시간마다 잠이 깬다. 세상은 너무 고요하고 아무것도 구별할 수 없을 정도로 캄캄하다. 만약 우리가 믿고 있는 천국도 혹 이렇게 시작되는 것은 아닌지. 이들이 잠들어 있는 동안 만은 그들의 고통스런 나날들을 잊게 되겠지.

예정보다 한 시간 일찍 깨어나 커피포트의 스위치를 켜고, 시리얼, 밀크, 주스를 정리해 놓는다. 그리고 낮에 정성스레 싸놓은 도시락을 냉장고에서 꺼내어 그들이 들고 가기 편하게 입구에 차려놓는다. 벌써 정각 네시 반, 매일 이 시간에 당번하시는 분이 올 때다. 모두가 시계바늘처럼 움직인다.

그저 잠만 함께 자는 봉사인데도 병아리를 품고 있는 암탉처럼 정성이 모자란 것은 아닐지 근심이 된다. 하루 사이에 낯익은 이들이 큰 키를 굽혀 아침 인사를 하고, 수척한 모습이지만 눈 속에는 감사와 평안의 빛이 스며 있다.

찬 공기가 가득 퍼진 아침에 버스를 타고 떠나는 그들은 따뜻한 눈인사를 잊지 않았다.

기다림

인생은 기다림의 연속이라고 해도 과언이 아니다. 우리는 사랑을, 혹은 성공을, 종래에는 베케트의 '고도'를 기다리듯이 구원을, 그리고 뭔지도 모를 무언가를 늘 기다리는 삶을 살아간다. 아마도 그것이 우리의 운명인지도 모른다.

며칠 전 기다림에 관한 아름다운 이야기를 들었다.

서부에서 온 한 청년 강사는 '다름을 두려워하지 않음'이라는 제목으로, 많은 이야기를 젊은이들에게 들려주었다.

그의 모습부터가 독특해 보인다. 긴 머리에 수염, 검은 안경에 분홍색 타이, 유창하게 구사하는 영어, 그는 30대로 보이지만 더 젊을지도 모른다.

어렸을 적에 이민 와서 서투른 영어 때문에 화장실도 못 가고 바지에 오줌을 지렸던 기억을, 또 초등학교에서부터 이미 재수를 했으나 마침내 명문대를 졸업하고 신학대학을 마쳤다는 얘기를 했다. 그는 불우했던 어린 시절에 가출까지 했던 과거도 갖고 있다고 고백했다.

그는 이론보다 실천을 중요시 한다. 많은 사람들이 주일날 교회에 오지만 대부분 빈 마음으로 와서 더욱 깊은 허탈감을 갖고 돌아간다고 생각한다.

그는 사람들과의 관계에 있어서, 모든 사람들에게 관심을 갖고 이해함으로 그 관계가 시작된다고 믿는다. 찻집, 술집 어느 곳도 그는 마다하지 않고 찾는다. 어디에서나 좋은 인연을 쌓을 수 있다고 생각한다. 열 명의 집회로 시작해서 셋이 남고, 10불의 헌금을 거두는 가난한 모임도, 사람들로부터 배척과 업신여김을 받더라도 그는 겁내지 않는다. 그러나 많은 기성세대로부터 아직 호응을 받지 못한다. 고독한 목회만이 그의 전부다.

그의 강연 중 가장 마음에 와 닿는 일화가 있다.

옛날 옛적에 아름다운 공주와 가난한 농사꾼이 살았다. 젊은 농사꾼이 공주에 반해서 열렬히 구애를 했다. 공주는 보다 못해 농사꾼이 100일을 성문 밖 아래에서 그녀를 기다릴 수 있다면 그의 간청을 들어주겠노라고 약속한다. 희망에 찬 농사꾼은 매일 어김없이 성 밖 창 아래 서 있었다.

100일이 가까워지던 96일째, 공주는 살며시 창문을 열고 농사꾼을 보았다. 그런데 농부의 얼굴에 처음으로 미소가 사라지고 슬픔이 깃들어 있었다. 97일째 날에는 농사꾼의 얼굴에 두 줄기 눈물이 흘러내렸다. 98일째 날에는 농사꾼의 몸이 간간이 흔들리며 흐느껴 우는 것이었다. 99일째 되는 날에 공주는 농사꾼이 온몸을 떨며 통곡하는 것을 발견하게 된다. 드디어 100일째 되는 날, 공주가 창문을 열자 농사꾼의 모습은 사라지고 말았다.

이 예화는 예수님의 사랑을 묘사하고 있다. 예수님은 우리를 이처럼 한없이 기다리고 기다리지만 결코 억지로 기다리시지만은 않으신다. 우리가 예수님을 억지로 사랑하기를 원치 않으심이리라. 예수님은 우리가 진실한 마음으로 사랑하게 되기를 기다리신다. 기다림이란 이처럼 기쁜 일일 수도 있고 처연한 것일 수도 있다.

이 청년 강사는 바로 이 농사꾼처럼 오직 기다림

으로 전도를 한다. 어느 때나 어디서나 우리가 돌아올 것을 소망으로 기다린다.

매일같이 그가 커피를 마시기 위해 찾는 커피점의 주인이 어느 날 당신은 무엇을 하는 사람이냐고 관심을 가지고 물었을 때, 자기가 누구인가, 라는 확인과 함께 그는 '목사'라고 대답했다고 한다. 그러자 주인은 당신이 목사라면 나도 당신이 믿는 하나님을 믿겠다고 언약을 했다니, 과연 그가 주인에게 어떻게 보였는지 짐작할 만하다.

우리를 짝사랑하시는 예수님은 탕자가 돌아오기를 기다리듯이 창문 밖에서 그렇게 우리를 기다리시며 눈물 흘리고 계시다는 것을 그는 증거하기 위해 그의 삶을 바치고 있다.

페루 미션

　지난 8월말 리치먼드 한인 장로교회가 파견하는 18명의 단기 선교단의 일원으로 페루를 방문하게 되었다. 장시간 비행 끝에 도착한 페루의 수도 리마는 무척 침울하게 보였다. 비행기 트랩으로 내려오면서 벌써 저개발 국가라는 느낌이 들었다.

　'쁘깔빠'의 황윤일 선교사의 안내로 리마의 외곽 빈민촌인 치용으로 가는 중, 페루의 도시환경을 비교적 샅샅이 볼 수 있었다.

　간신히 포장한 듯한 간선도로 위에는 조경사업이 마무리되지 않았고 도로 주변은 먼지와 쓰레기투성이였다. 겨우 네 벽만 둘러 있는 듯한 가옥들에는 아직 남겨진 철제들이 지붕 위로 솟아 있어서 마치 폭격을 맞은 도시처럼 흉흉했다. 남루한 옷을 입은 소년들이 자전거를 타고 음식을 파는 게 눈에 띄었고, 많은 개들이 길거리며 집 주위를 서성거렸다.

우리는 그곳에서 지역 주민들을 진료하며 선교 사역을 펼쳤다. 아이들은 순박하게 보였다. 잘 웃기는 하지만 별로 씩씩하게 보이지는 않았다. 또 우리들의 활동에 그렇게 고마워하는 마음도 없는 듯싶었다. 어떤 분의 설명으로는 현 민주정부가 들어서기 전에 공산정권이 통치했는데, 그때 국민의 정서가 메말라졌다고 한다. 그래서 그들은 그들 고유의 존칭을 쓰지도 않으며, 감사하다는 말 또한 별로 하지 않는다고 한다.

도착한 날 오후에 리마를 떠나서 한 시간 비행 끝에 선교 목적지인 쁘깔빠에 도착하였다. 이곳은 안데스 산맥을 지나 아마존강의 하류에 해당하는 내륙 지방인데, 지금이 그곳의 겨울이라는 데도 푹푹 찌는 폭염으로 한여름의 열기를 방불케 했다. 뿌옇게 보이는 돌과 먼지가 이는 도로, 누추한 옷에 거의 무표정하리만치 담담해 보이는 주민들이 도시 전체를 활기 없이 보이게 했다. 어두움이 짙게 깔리면서 희미한 전등 불빛만이 가물거리는 쁘깔빠는 외로운 도시였다.

쏟아지는 땀과 여행의 노곤함이 나를 엄습했지만, 외지에서 느끼는 흥분과 호기심이 나의 피로를 덜어주었다. 도시 입구에는 우람한 인디언 원주민 동상이 서 있었는데 한 손에 밀림을 헤치는 칼을 들고, 등에는 바나나를 지고 있어 그 옛날의 용맹을 기리는 듯싶었다.

다음 날 아침부터 온종일 의료 진료 및 선교가 펼쳐졌다. 남녀노소할 것 없이 몰려드는 원주민들에게 도움이 되기를 바라는 마음으로 정성을 다해 봉사했다.

많은 사람들이 안질, 호흡기 장애, 두통, 관절염을 앓았고, 습진과 피부염도 볼 수 있었다. 또 소화기 장애, 부인병, 설사, 영양부족, 특히 기생충이 만연하고 있었다.

상하수도의 부족과 열악한 생활환경 및 건강관리의 소홀은 이들의 건강을 해치고 있었으며 빨리 노쇠하게 한 듯했다. 더구나 장래에 대한 희망이 사라진 듯한 모습은 더욱 그들을 처절하게 보이게 했다.

사흘째는 쁘깔빠 인근 간선도로 주민을 치료했다. 그곳에서 14년 간 병상에 누워 있는 류머티즘 환자를 보았는데, 그의 앙상한 모습과 일그러진 손이 우리를 슬프게 했다.

　나흘째는 일부 대원들이 '돌쎄 글로리아'라는 원
시 밀림으로 갔다. 대원들의 고생은 이루 말할 수 없
었지만, 250여 명의 원주민들에게 의료 혜택을 베풀
수 있었다.

　닷새째는 밤이 늦도록 진료를 했다. 주민들이 몰
려와서 차마 진료를 멈출 수 없었기 때문이다. 우리
는 엿새 동안 무려 1천5백9십 명의 주민을 돌보아주
었다.

　나는 이 세상 이런 오지에 우리에게 소명을 주셔
서 그분의 사랑을 전하도록 하신 이 신기하고도 놀
라운 일에 감사하는 마음으로 충만했다.

　돌이켜보면 페루 미션은 준비된, 헌신적인, 영적
운동이었다. 그리고 모든 지원자가 자기의 능력대로
마음껏 봉사하는 열린 운동이었다. 특히 모두가 함
께 협력 봉사하는 훌륭한 다목적 협력선교의 본보기
가 되었다.

　나는 늘 내 생활에만 매달렸던 마음의 빚을 갚고
싶어서 이 미션에 자원했었다. 그런데 나는 의료 진
료를 베풀었다기보다는 오히려 기대 이상으로 귀한
선물을 가지고 돌아왔다. 마음이 기쁨과 평안으로

가득 차 마치 새생명을 얻은 듯했다.

엿새 동안의 일정을 마치고 돌아오는 비행기에서 "페루 미션을 마치고 돌아오는 여러분을 환영합니다!"라는 델타 비행기 여승무원의 낭랑한 목소리가 들렸다.

그 목소리는 끓는 듯한 열기와 먼지, 소음으로 가득한, 문명으로부터 소외된 곳의 한 모퉁이에 그의 사랑을 전하고 싶은 사람으로서, 또 한국사람으로서, 신을 사랑하는 사람으로서, 하나님께서 내리신 작은 소명을 다하고 돌아온다는 감동을 일깨우며 페루 상공에 울려퍼졌다.

빼앗긴 생명과 영혼을 위하여

　알링턴 언덕에는 젊은 용사들이 고이 잠들고 있다. 노르망디에서, 필리핀에서, 사리온에서, 월남에서, 이오지마에서, 발칸의 전선에서 쓰러져갔던 그들. 지금도 아프가니스탄, 이라크에서는 악의에 찬 자살 폭탄과 차량 폭발로 젊은 용사들이 무참히 쓰러져간다.

　전쟁은 모순 덩어리이다. 지금 이 시각에도 미국의 이라크 침공에 대한 의견이 엇갈리고 있다. 확실한 것은 무고한 젊은이들이 피를 흘린다는 것이다. 민주화로 평화를 이룩한다는 숭고한 목적이 있지만, 전쟁은 끝없이 계속되고 있다. 월남에서 그랬던 것처럼.

전쟁 속에서는 생명의 존엄성은 지켜지지 않는다. 공포에 떨며 방아쇠를 당기지 못하는 병사와, 목숨을 내던지고 달려가는 병사가 다함께 물 고인 참호 속에서 절규한다. 왜 이래야 하는가.

18세 이상의 젊은이들이 어려운 생활고로, 학비 마련을 위해, 욕구불만의 세월 때문에, 폭력이 인정되는 긍정적인 수단으로 생각되어, 등등의 이유로 스스로 군에 입대한다. 생각보다 엄격한 미군의 병영생활은 신실한 정훈교육이나 인성교육을 하지 않음으로 해서 자유 권리와 시민의식을 제대로 교육시키지 못하는 반면, 단순한 인간으로 변화시킨다.

그러나 전쟁터에서 사람이 죽고 사는 순간을 경험하게 되는 이 젊은이들은 가장 숭고한 생명의 가치를 그때서야 깨닫게 되는 것이다. 그러므로 이들은 이전보다 생에 대한 의욕을 더욱 느끼게 된다. 고향에 돌아가면 더 가치 있는 삶을 살 것이라고 확신하며 뜨거운 열풍 속에서, 화덕같이 달아오른 탱크 속에서, 무거운 방탄조끼를 여미고 총기를 겨누며, 현실과 대적하는 것이다. 적과 조우하지 않았음을 감사하며 비좁은 천막 속에서 먼 곳에 남기고 온 사랑하는 사람들을 꿈꾸게 되기를 바라면서 새우잠을 잔다.

아침이 되어 같은 소대의 전우가 바디백에 실려나

가는 것을 보며, 혹시 다음 차례는 하며 이 젊은이들의 마음은 심각히 동요하게 된다. 그리고 동료 전우에게 잘 부탁한다는 눈인사가 오고간다. 전우에게 자신을 부탁하는 것이다.

전쟁은 불행한 역사를 만들고 역사는 전쟁을 통해서 변해간다. 전쟁이 앗아간 젊은이들은 역사의 희생양이건만 그들이 흘린 피의 값이 보상되기는 커녕 점점 우리의 기억 속에서 사라져가는 것이다. 이제 우리는 헛된 욕망으로 젊은이들의 피를 더이상 흘리게 해서는 안 된다. 또한 그들을 위하여 기도를 게을리 해서는 안 된다. 그들의 잃어버린 아름다운 생명과 영혼을 위하여.

전쟁과 사랑

─ 그 상처를 딛고 일어서다

    우리 세대는 전쟁이 한창일 때 태어나 자랐다. 친척이 권총을 들고 집으로 찾아왔다. 누나의 친구는 빨간 완장을 차고 누나를 데리러 왔다. 전쟁의 출발이었다. 전쟁은 흔히 판단의 착오로 시작되기 쉽다. 한번 시작되면 상황은 멈출 수가 없게 진전되고 마는 것이다.

    자라가면서 우연히도 나는 전쟁터를 비껴갔다. 월남전 때가 그랬다. 군복무 중이었는데 나는 차출되지 않았다. 내가 근무하는 곳에 강재구 소령의 동상의 세워졌다. 나는 얼마간을 그 동상을 쳐다보기가 부끄러웠다.

    '디어 헌터'와 같은 월남전의 망령이 젊은이들의

기억 속에 채 사라지기도 전에 나는 군복을 다시 입는 운명에 놓였다. 걸프전을 치르기 위해 떠났다. 내가 호텔방에 갇혀 무더기로 투항해 오는 이라크 군인들을 화면을 통해 보는 동안 전쟁은 끝났고, 헬멧을 제대로 쓸 겨를도 없이 제대하여 돌아왔다. 전쟁을 구경만 한 것이다.

한국에 근무하던 한 미국 병사의 이야기가 눈길을 끈다. 그는 한국에서 이라크 전선으로 자원해서 근무하던 중 로켓 포탄의 공격을 받고 거의 두 다리를 절단해야 했단다. 그러나 그는 전력을 다해 다리를 움직여 다시 걷게 되었고 이제 원대로 복귀한다는 것이다. 보조 지팡이와 휠체어를 필요한 다른 사람에게 희사하면서.

6·25때 북한으로 끌려갔던 20대의 국군 포로가 얼마 전 80세의 나이로 북한을 탈출하여 조국의 품으로 돌아왔다. 얼마나 기막힌 일인가.

주홍색 풍금

6·25와 숟가락, 젓가락

    내가 일곱 살 되던 해에 6·25를 맞았으니 기억나는 것은 별로 없다. 지금 기억 속에 남아 있는 일이란, 포성이 멀리서 들려오는 저녁에 이모님 학교의 야구선수들의 등에 업혀 관악산까지 간 것 정도이다. 부모님은 그때 잠시 피란했다가 집에 돌아오리라고 생각했었나보다.

    들고 가신 것이라고는 달랑 은숟가락과 젓가락뿐. 그것으로 피란생활이 시작되었다. 걸어서 시흥, 오산인가 조치원인가를 가서 간신히 남쪽으로 가는 기차를 탔다고 했다. 넷째누나가 겁도 없이 정거장에 내려서 화장실을 가는 바람에 온 식구가 기차를 놓쳤는데 불행히도 그 기차는 폭격을 맞아 모두 참사를 당했다고 했다. 넷째누나가 우리를 살린 것이다.

우리가 탄 기차는 드럼통을 실은 화물차였는데, 우리보다 더 높이 앉아 있던 사람들이 급한 대로 아무렇게나 갈기는 오줌세례에도 불평 하나 없이 그 고행길을 갔다. 동생은 그 와중에도 어떤 사람이 아이스케키를 먹는 것을 보고 그것을 달라고 졸라대는 통에 화차의 화통소리보다 동생의 울음보가 컸다 해서 지금도 놀림을 당한다.

집을 떠난 이후 큰누나의 친구들이 여성동맹위원이 되어서 집을 뒤지고, 뒷집 부부는 국군을 옷장 속에 숨겨주었다가 발각되어 흑석동 연못가의 나무에 매달려 총살당했다고 한다. 비극은 끝이 없어 의사인 외삼촌과 몇 분의 친척이 이북으로 납치당해 가고, 어느 친척은 권총을 들고 집에 와서 협박을 했다던 얘기가 생각나곤 한다.

철이 없던 때라 피란간 부산 앞바다가 좋아서 헤엄을 치기도 하고, 물장난도 하고, 부산 아이들의 놀림 따위는 아랑곳 없이 얼렁뚱땅 초등학교를 다녔던 것 같다.

4년 전 북간도에 갔을 때, 한 호텔에 북한 사람들과 함께 묵은 적이 있다. 새벽에 운동을 하러 나가면서 김일성 복장의 체구가 당당한 농무성 인사를 만났다. 그리고 아침마다 그분을 만날 수 있다는 기대로 벅찼었다.

그분은 모습과는 반대로 상당히 겸손했고, 은근히 남쪽에 대한 이야기를 묻곤 하셨다. 그분은 이북의 나무와 중국의 곡식을 바꾸려고 온 대표단의 책임자였다. 속사정이 가련해 보였다. 가뭄을 이기려고 곡식을 꾸러 온 사람들이니 공산주의를 자랑할 처지가 아니었으리라.

부러움 반 부끄러움 반으로 자신의 자서전을 읽으라고 나를 주었는데, 돈을 좀 넣어 건네주지 못한 것이 내내 아쉽다. 진정한 동포애를 보여줄 수 있었는데.

정치적인 이유이겠지만, 지금은 지연된 듯한 남북 간의 대화와 통상이, 어서 빨리 추진됐으면 한다. 언젠가는 통일이 오고야 말겠지만, 돌아가셨을 삼촌의 묘와 그의 가족을 살아생전 뵈올 수 있기를 바란다.

정치는 인간의 생존을 책임지고 삶을 윤택하게 하는 것이어야 한다. 정치가 인류의 삶을 파괴할 수는 없다. 정치는 진정한 평화와 번영을 도모할 때만 올바른 정치, 삶의 정치가 되는 것이다.

여름, 그리고 바다

피란 시절 잠깐 동안 나는 부산 감천에서 자랐다.

돌담이 바다에 접한 양철 지붕의 집은 가끔 파도가 넘나들어서 한밤중에도 우렁찬 파도 소리가 들렸다.

새벽에는 물안개가 돌담 사이로 꿈틀거리며 마치 용꼬리가 골목을 빠져나가듯이 서서히 연기처럼 바다로 사라져 갔다.

집 주인은 매섭게 찢어진 눈이 빨간 40대의 어부였다. 간혹 돌담에 기대어 서서 바다를 바라보거나 아니면 돌담 속을 기웃거려서 구렁이를 잡기도 한다고 들었다.

어느 날 그가 여느 때나 다름없이 돌담을 기웃거

리다 날씬한 뱀을 낚아채는 것을 보았다. 그리고 잽싸게 머리를 가르고 하얀 몸이 드러나게 껍질을 벗겨 회를 친 뱀을 천천히 자기의 입 속으로 넣는 것을 보았다.

바다는 가끔씩 양철 지붕 위를 철썩 때리곤 했다. 그러나 나는 바다가 그 집주인보다는 무섭지 않다는 것을 낮만 되면 확신하곤 했다.

방파제의 물기가 반지러이 흐르는 돌들 주위로 바닷물이 고이고, 예쁜 바다 식물이 자라고, 고기가 키늘을 반짝거리며 헤엄치는 것을 보았다.

바다는 어린 나에게 꿈이자 놀이터였다.

좀더 커서 여름만 되면 이모님을 따라 대천으로 해수욕을 갔다. 언덕에 등대가 있고 작은 어장이 있는 그 마을이 하도 신기해서 사람이 들끓는 해변보다 그 마을에서 더 많은 시간을 보냈다. 등대 꼭대기에다 남들처럼 나의 이름을 새기고 꼭 다음 해에도 다시 올 것을 기약했다.

더욱더 커서는 헤엄쳐서 멀리 보이는 작은 섬까지 원정을 갔다. 주위 섬 근처에 움푹 파인 해저의 아름다운 풍경을 보고 감탄하기도 했다. 사람들이 거의 오지 않는 숨겨진 보물섬, 나는 해마다 그 작은 섬을 꿈속에서 그렸다.

대학생이 되어 소록도를 방문한 적이 있다. 눈이 덮인 작은 섬들 사이, 그리고 수정처럼 맑은 바다를 바라보며 그와 벗하며 살고 있는 양성 및 음성 나환자들을 보았다.

바닷바람에 얼굴을 까맣게 그을려서 더욱 초라해 보이는 슬픈 얼굴들, 그리고 부모가 문둥병자라 태어나면서부터 서러움을 받는 어린이들의 창백한 얼굴이 기억난다.

어쩐 일인지 소록도 앞바다는 가슴이 시릴 만큼 춥고 냉랭했다.

이렇게 멀리 떨어져서 사는 나에게 그 바다는 숨겨진 보물섬이며 꿈을 키운 곳이었다. 바다가 나를 키워서 이만큼 자라고 마음을 깊게 만들었는지 모른다. 세월따라 계절마다 흰 머리칼이 늘고 그 바다와는 사이가 더 벌어진다.

세상에는 아픈 사람도 많고 슬픈 사람도 많다. 외로운 사람들은 더욱 많다.

그러나 사람들보다 더 외로운 것은 바다가 아닐까. 그 바다는 그 때문에 때때로 울부짖는 것이 아닐까.

그림자를 지키는 사람

호텔로 들어가는 길은 몹시 꼬불꼬불해 하마터면 길을 잃을 뻔했다. 두 시간 걸려 달려왔는데 다행히 시간을 맞춰 왔다. 로비에는 친구가 보이지 않았다. 만날 친구는 40여 년 만에 보는 초·중·고 동창생이다.

우리는 위아랫집에서 살았다. 철망을 뚫고 우리만이 드나드는 길을 텄다. 우리 집보다 조금 높은 곳에 있는 그의 집에서 바라보는 풍경은 이루 말할 수 없이 아름다웠다. 명수대 아래로 초록빛 한강이 흐르고, 한강대교 건너편의 반짝이는 모래사장과 멀리는 검은 숲으로 둘러싸인 잠실과 뚝섬이 보였다.

정월 보름 술래잡기를 하며 뛰놀던 나이든 중국

목련과 벚나무가 우거진 골목과 뒷동산에는 고욤나무, 감나무, 잣나무, 은행나무 등 갖가지 나무들이 우리를 숨겨주고, 반들반들한 돌담을 기어오르고, 깡통 차기로 유리창을 깨고, 지붕에 깡통을 얹어놓고 도망가기도 했다.

친구가 나타났을 때 나는 그를 알아보지 못했다. 검던 눈썹은 아직도 까맣지만 귀공자 같던 그의 얼굴은 이제 깊숙한 주름으로 나이를 먹고 있었다. 물론 친구도 나를 보며 똑같은 생각을 했는지 나를 알아볼 수 없다고 했다.

친구는 각별히 유달영 선생님을 흠모했고, 나는 강원룡 선생님을 따랐다. 그리고 그는 덴마크로, 나는 미국으로 유학을 떠났다.

그는 큰 목장을 경영하는 것이 꿈이었다. 그러나 지금 그는 신체 장애 및 정신박약자를 위해서 숨은 봉사를 한다. 그는 자비로, 그리고 비영리단체를 만들어 시카고와 한국을 잇는 헌신을 하고 있다. 시카고에서 자선음악회를 열어 모금을 하고, 고국에서 전문인들을 초청해 미국의 시설을 견학케 하며, 이들의 교육과 여가 및 직업 활동을 발전시키고자 노력하고 있다.

고등학교 때 우리는 학교 언덕을 '메기의 동산'으

로 명명하고 그곳에서 마음껏 꿈을 키웠다. 서로의 꿈은 달랐지만, 바르고 용감하게 아름다운 삶을 이루기를 약속했던 것이다. 아홉 명 중 세 명은 이 세상에 있지 않다. 남은 우리라도 키워온 꿈을 이루어야 한다. 메기 동산은 우리 동창의 자랑스러운 이름으로 아직도 남겨져서 실천의 모임으로 발전하여 수백 명의 회원이 가입되어 있다고 전한다.

너의 목소리와 순수한 마음은 하나도 변하지 않았다고 위로하는 친구의 말을 들으며 가슴 한쪽이 저려온다. 사실 나의 꿈은 벌써 퇴색했거나 사라져버렸기 때문이다. 이제 다시 한번 꿈을 키울 용기를 내야겠다.

금보다 값진 것

서울은 1월이 되면 강이 시퍼렇게 얼어버렸다. 꽝꽝 언 얼음판은 광활해서 나무로 만든 썰매로 타기에는 역부족이었다. 그래서 머리를 짜내어 씽씽 나가는 썰매를 착안하느라 고심했다. 그러다가 긴 대나무를 발에 꽁꽁 묶고 끝에 못을 박은 다음 긴 막대기로 밀면 제법 스키 스틱처럼 빠르게 몸이 앞으로 나갈 것 같은 생각을 해냈다. 하지만 대나무 스키는 날이 없기 때문에 옆으로 미끄러져서 재미가 없었다.

어느 날 아버지가 스웨덴제 스케이트를 사오셨다. 누나들과 형을 제치고 스케이트를 가로채 강으로 나가는 날이면 내가 날이 번쩍이는 스케이트의 주인이 될 수 있었다. 누나들과 형 중에서 넷째누나가 나의 가장 강력한 경쟁자였는데, 누나는 때때로 내 키만 한 깊이의 마룻장 아래에 있는 일본식 아궁이에 스케이트를 깊이 감추기도 했다. 그리고 내가 제일 좋아하던 오징어튀김으로 나를 매수하기도 했다. 그렇게 치열하게 스케이트를 탄 덕에 누나는 그 해 겨울 이화여고 대표선수로 뽑혀 나갔다(덕분에 그날 형이 아버지가 아끼시던 라이카 카메라를 잃어버린 것은 우리 가족사의 잊지 못할 에피소드이다).

스케이트가 내 차지가 되면 나는 밤새도록 강을 누볐다. 강바람은 얼굴을 깎아내듯 매서웠다. 튼 달이 차갑게 빛나는 얼음 위를 비추었다. 잉어 낚시꾼도 어둠이 깔리면 모두 강을 떠났다. 고기잡이 구멍이 군데군데 입을 벌리고 있어도 나는 무섭지 않았다. 정작 무서운 것은 그 넓은 강에 혼자라는 것이었다. 그러나 평상시에는 꿈도 꿀 수 없는 어두운 강 끝자락의 대나무밭에까지 갔었다.

지난번 동계올림픽 쇼트트랙에서 한국 선수가 일본계 미국 선수의 반칙으로 금메달을 잃은 적이 있다. 그 안타까움을 이루 말할 수 있으랴.

그것을 보고 나는 불현듯 그 옛날 강가에서 스케이트를 타던 생각을 했다. 나의 핏속에는 얼음을 타고 싶었던 욕망이 있었나보다. 그래서 쇼트트랙 경주에 더욱 관심을 가졌는지도 모른다.

푸른색에 노란 줄무늬 유니폼의 우리 선수들은 유연하고도 세련되게 질주하고 있었다. 금메달이 선수들의 목에 걸렸고 관중들의 환호가 시상대를 가득히 채웠다. 애국가가 연이어 불리는 가운데 태극기가 높이 게양되었다.

선수들은 동계올림픽 2위라는 업적을 이뤘다. 이 자랑스러운 남녀 선수들은 우리처럼 가난한 시절에 겪었던 얼음 위의 애환을 상상할 수 없을 것이지만, 그 얼음을 타는 노력은 금메달 이상의 노고와 희생을 홀로 감수해야 했을 것이다. 우리 선수들과 코치 및 그들을 뒷바라지한 가족과 협회에 진심으로 축하하며 감사한다. 대한민국의 국위를 선양하고 외국에 살고 있는 긍지를 심어줌에 감사한다.

뉴욕 뉴욕

　뉴욕은 나의 꿈을 키워준 소중한 추억의 도시다. 눈이 하얗게 뒤덮인 뉴욕은 꿈속에서 그려보던 별천지처럼 마음을 설레게 했고 나의 청춘을 불사르기에 안성맞춤이었던 도시다.

　반짝이는 형형색색의 크리스마스 장식으로 치장된 오밀조밀 달라붙은 단독주택의 풍경은 동화 속 장면 같아 오래도록 기억에 남는다. 내가 다닌 롱아일랜드 대학은 퀸즈에서 그리 멀지 않은 곳에 있었지만, 큰 도로변에 있어도 숲에 숨겨져 있다. 교정은 고운 잔디로 덮여 있고, 포스트 집안이 헌납했다는 붉은 벽돌의 고전적인 학교 기숙사와 강의실이 넓은 공터를 끼고 줄줄이 서 있다.

겨울방학에는 학생들이 모두 집으로 돌아간다. 하지만 나와 한 선배는 밤에는 몰래 기숙사에서 잠자고 낮에는 도서관에서 공부를 하거나 아르바이트를 찾아나서곤 했다.

식당에서 아르바이트하던 선배는 평상시에 여분의 시리얼과 간식들을 슬쩍해서 개미처럼 책상 속에 비축했다. 때로는 쓰레기통에서 버린 청바지를 가져다 반바지를 만들어 입기도 했는데, 나는 그 모양새가 너무 우스워서 곧잘 배꼽을 잡곤 했다. 지금도 헐렁한 바지를 입고 걷는 선배의 모습을 생각하면 웃음이 난다.

나의 뉴욕생활 1년은 고생바가지였음은 말할 것도 없다. 김치 생각이 간절하면 지나가는 차를 얻어 타고 브루클린에서 수련의 생활을 하는 형님에게 갈 수도 있었지만, 공부가 힘든 나에게는 어림도 없는 이야기였다.

맨해튼은 이야기로만 듣던 어마어마한 마천루가 있는 보물섬처럼 느껴져서 큰 기대와 호기심을 누를 수 없었지만, '때가 오겠지' 하며 그 입성 날만을 기다리기만 했었다.

1년이 좀 지난 후 귀도 열리고, 장학금을 아껴서 저축한 돈과 형님이 보태준 돈으로 처음 내 차를 사게 되었다. 그때의 기쁨이란…….

나는 운전면허도 없이 인도·영국·아프리카 학생들을 부지런히 실어 나르곤 했다. 몹시 추운 겨울날 타이어가 펑크나서 멈춰 섰는데 타이어 가는 법을 몰라, 그냥 덜덜 떨고 서 있었던 적도 있었다. 한참 후 경찰이 와서 고맙게도 타이어를 갈아주었는데……, 지금은 생각만 해도 아찔하다.

얼마 후 부지런히 차를 몰고 다닌 덕에 운전면허를 딸 수 있었다. 그래서 나는 선배와 함께 뉴욕 방문의 대장정을 결심하고, 12월 눈이 펑펑 쏟아지는 겨울밤에 롱아일랜드 하이웨이를 타고 뉴욕시, 맨해튼으로 진입을 기도했다.

그 해 겨울은 유난히 눈이 많이 내렸다. 불행히도 길을 잃어 겨우 495순환도로에서 뺑뺑 돌다 간신히 되돌아오는 길을 찾아 둘 다 배를 곯으며 기진맥진해서 학교 기숙사로 돌아올 수밖에 없었다.

학교 공부가 조금 수월해지고 뭔가 보이기 시작한 후 학교 기숙사를 마다하고 근처 부잣집 청소부로 취직했던 나는 그 집 수위실에서 숙식을 해결했다. 그런데 그 집이 얼마나 높은 언덕에 있었던지 차가 눈 속에 빠지면 온종일 혼자 씨름해서 차를 빼내야 했다.

하루는 집주인이 현관의 대리석에 왁스칠을 하고 광을 내라고 했다. 그러나 대리석에 광내는 일을 해본 적이 없던 나는 대리석을 망쳐버려 거기서 그만 쫓겨나는 불상사를 당했다. 몰라서 저지른 실수였기에 마음 한편에는 괘씸하단 생각이 들었다.

실수는 계속되어 이번에는 골프장 캐디로 나갔는데, 공부에만 열중했던 나의 시력이 상했는지 이번에는 흰 공을 찾을 수가 없었다. 거기에서도 또 해고를 당하고 말았다.

학교에서도 마찬가지였다. 한꺼번에 너무 많은 수업을 들어서 알고 있는 것조차도 다 쓸 수 없었다. 늘 순식간에 답을 써내고 나가는 친구들을 보며 조바심이 난 나머지 나는 어떨 때는 오줌을 찔끔 싸면서 간신히 논문을 마칠 때도 있었다. 그때를 기억하면 지금도 아찔하다.

그러나 고생 끝에 낙은 와서, 대학교 소개지의 커버 인물로 등장하기도 했고, 나를 정성껏 돌봐주던 교수를 만나는 행운을 얻기도 했다. 어느덧 나는 유명인사가 되어 친구들과 어울려 땅콩을 던지며 싸우는 대학 인근 술집에도 갈 수 있게 됐고, 나에게 맨해튼의 차이나타운에 가자고 조르는 미국 친구들이 줄을 서게 되기도 했다.

이렇게 나의 청춘을 보낸 추억의 고장, 뉴욕! 그 래서인지 테러로 상처입은 뉴욕은 생각만 해도 더욱 가슴이 아프다.

아버지와 아들

아버지는 아들에게 늘 민망하기만 하다. 아들을 위해 아무것도 해준 것이 없다고 느껴지기 때문이다. 자기 일에 바빠서 아들이 아버지를 필요로 할 때 정작 있어 주지 못했기 때문이기도 하다. 아버지는 아들 몰래 마음 아파하며 이 일을 잊지 못한다.

아버지는 오늘, 방학이 끝나서 돌아가기 전에 어떻게 해서라도 아들을 기쁘게 해주고 싶다. 아버지는 아들을 데리고 바닷가로 간다. 이 핑계 저 핑계를 대지 않아도 큰 바다를 바라보면 아버지의 마음을 행여 읽을 수 있지 않을까 해서다.

버지니아 비치로 가는 길은 붐비지는 않지만, 눈보라가 시작되어 앞이 잘 보이지 않는다. 차창 밖에는 흰 눈이 덮이기 시작하고 어느새 하얀 세계가 된다.

아버지는 꺼낼 말이 없다. 아들이 멋쩍어서 몇 마디 으레적으로 물어온다. 아버지는 스치는 많은 생각 때문에 아들이 묻는 말을 흘리고 만다. 그래도 구언지 아버지의 마음은 따뜻해옴을 느낀다. 분명, 아들과 둘이서 이렇게 긴 시간을 함께한다는 것은 아버지에게 있어서 변화다. 아들도 아버지의 마음을 읽고 있는지 말을 줄인다. 차창 밖은 이제 거의 제 모습을 볼 수 없도록 눈이 쌓여가지만, 차 안의 아버지와 아들은 좁은 공간에서 온통 마음이 환히 열리는 것을 느낀다.

휘트 몬로가 보이는 곳에 이르러서야 그들은 바닷가 근처에 온 것을 느낄 수 있다. 눈에 익은 망루와 등대가 어렴풋이 보이고, 바다는 검은 돌처럼 시커멓게 길 양쪽으로 갈라져 있다. 이제 바다를 더 보려고 해변에 가려는 계획도 바꿔야 한다.

커다랗고 근사한 유리창이 있는 음식점을 찾아서, 따뜻한 수프와 감자 조림, 스테이크를 먹을까, 아버지는 아들에게 묻는다. 아들은 아무래도 좋다고 한다. 그러나 이 도시를 잘 알지 못하는 아버지는 이 도시에 있는 맥아더 기념관을 생각한다. 기념관을 둘러보고 점심을 먹어도 될 듯 싶어서이다.

전형적인 관공서와 같은 맥아더 기념관에 들어선다. 맥아더 부부의 유해가 안치되어 있는 돔 아래층을 지나자 각 층마다 연대별로 장군의 일대기가 전시되어 있다.

　맥아더의 아버지는 국가에 대한 충성과 헌신으로 일찍이 미국 최고 영예 훈장을 탔으며 필리핀 주둔 사령관으로 복무했다. 맥아더가 위대한 군인으로 성장하도록 큰 영향을 끼쳤음을 짐작할 수 있다.

　또한 맥아더의 어머니는 맥아더가 성공할 때까지 끊임없이 뒷받침을 했다. 처음 육군사관학교 입시에 낭패하여 1년을 재수하고 다시 입시를 치를 때나, 입학 후 4년을 어머니는 교내 방문소에 기거하며 아들의 학업을 독려했다고 한다. 7개의 은성 무공훈장을 타고도 장군 진급이 늦어지자 맥아더의 어머니는 육군에 항의 편지를 보냈다. 이것도 어머니의 극진한 애정을 말해준다. 한 위대한 영웅의 끈질긴 노력과 정의 구현을 생각하면 숙연해지면서 아버지는 더욱더 아들에게 빚진 것처럼 느껴진다.

　맥아더가 학생 생도대장이었을 때, 저학년생 길들이기 행사 도중 한 생도가 사망하였다. 이 사건으로 맥아더는 워싱턴 청문회에 불려갔다. 청문회장에서 맥아더는 학교 내에서 행해지고 있는 저학년생 길들이기 행사를 없앨 것을 약속하였다. 이후 맥아더는 잘못된 행사 일체를 없앰으로써 육군사관학교의 경예를 회복시켰다고 한다.

아버지는 아들이 기념관을 참관한 후 어떤 생각을 가졌는지 궁금하지만 군인이 되는 일에 관심이 없는 아들에게는 적어도 한 사람의 삶이 어떻게 해서 성취되었는지를 감동적으로 설명하고 있다고 생각한다.

아버지는 멋진 음식점을 찾았지만, 결국 사람들이 북적거리는 이태리 식당에서 아들과 함께 겨우 파스타를 먹는다. 그러나 뜻 있는 하루를 음미하면서 아버지가 다하지 못한 말을 아들이 이해할 것이라고 믿는다.

아들은 눈 오는 날마다 아버지가 우연히 맥아더를 통해 무언가 아들에게 해주려던 추억 어린 날을 떠올릴 것이다. 눈이 심하게 내리는 어느 겨울에 아버지를 대신해 힘겨운 운전을 하여 집에 돌아왔던 기억을, 그 속에서 피어났던 사랑을, 어쩌면 책갈피에 꽂아두었던 맥아더의 기도문처럼 아들은 가슴 깊이 고이 간직할지도 모른다.

약할 때 자기를 돌아볼 줄 아는 여유와
두려울 때 자신을 잃지 않는 대담함을 지니고
정직한 패배를 부끄러워하지 아니하며
승리에 겸손하고 온유한 자녀를 저에게 주옵소서.

생각해야 할 때 고집하지 말게 하시고
자신을 아는 것이 지식의 기초임을 깨닫는 자녀를 허락하옵소서.
그를 평탄하고 안이한 자로 인도하지 마시고
고난에 직면하여 인내하고 분투할 줄 알게 하여 주옵소서.

그 마음이 깨끗하고 그 목표가 높고 고상한 자녀를
남을 정복하려고 하기 전에 자신을 다스릴 줄 아는 자녀를,
장래를 바라봄과 동시에 땀 흘려 일하는 부지런한
자녀를 주옵소서.

이런 것들을 허락하신 다음 이에 대하여
제 자녀에게 남을 사랑하는 마음과 유머를 알게 하시고
생을 엄숙하게 살아감과 동시에
이웃과 더불어 생을 즐길 줄 알게 하옵소서.

자기 자신에 지나치게 집착하지 말게 하시고
겸허한 마음을 갖게 하시어
참된 위대성은 소박함에 있음을 알게 하시고
참된 지혜는 열린 마음에 있으며
참된 힘은 온유함에 있음을 명심하게 하옵소서.

　　　　　　　　　—맥아더의 〈기도문〉 중에서

주홍색 풍금

　6·25때의 일이다. 몇 달 동안의 피란생활로 일곱 살인 내가 허기지고 지쳐 집으로 돌아왔을 때, 북한 군 본부 사무실로 썼다는 우리 집은 그야말로 폭풍 우가 휩쓸고 간 듯 난장판이었다.

　어머니가 아끼던 가구는 없어졌고, 방마다 쓰레기 며 부서진 가구들이 흩어져 있었다. 그런데 유독 뒷 방의 풍금만이 홀로 남아 밝은 주홍색으로 빛나고 있 었다. 아버지의 우아한 필체로 셋째누나의 이름이 영 문자로 적혀 있는, 맑고 부드러운 소리를 내는 우리 의 주홍색 풍금만이 탈진한 우리를 맞이하고 있었던 것이다.

　세상에! 난장판이 된 집을 보며 느꼈던 억울한 감

정은 풍금을 다시 보게 된 감동과 함께 우리 가족에게 많은 위로가 되었다.

풍금을 치며 자랐던 우리 누나들과 형은 모두 기뻐서 풍금을 쳐댔다. 하지만 어린 나는 풍금에 손도 대지 않았다. 마치 풍금과 아름다웠던 집 안의 모든 것이 맞바꾸어진 것 같은 야속한 생각이 들었다. 아니, 그것이 모든 것을 다 내주고 저만 남아 있겠다고 했을 거라는 엉뚱한 생각마저 들어 내 마음에 상처를 낸 건지도 모른다.

지독한 것들!

우리 집 위 골목에 살던 돌담집 주인과 마나님은 국군을 숨겨줬다고 하여 빨갱이들이 명수대 연못에서 목을 매달아 죽였다. 나의 외삼촌은 육 남매를 남겨놓고 이북으로 끌려 갔다. 흰 중절모에 흰 양복, 광채나는 흰 구두를 신었던 외삼촌은 그 당시 최고 멋쟁이 신사로 기억된다. 연희전문의대를 마치고 전쟁 전에 미국에서 수련의 과정을 마치고 왔다니, 그 야말로 인텔리에 최고 부르주아였을 것이다.

그 당시 나는 글을 읽을 줄 모르고, 셈을 할 줄 몰라서 학교 가기가 싫었다.

하루는 나보다 네댓 살 위인 학생이 수류탄을 가지고 몰래 화장실에서 놀다가 터지는 사고가 발생

했다. 그때 그의 흰 살점이 붙은 벽을 보고 나서 더욱 학교가 싫어졌다. 그때는 이런 일들이 비일비재했다.

이런 나를 위로해준 것은 영국군이 준 푸른색의 장난감 택시였다. 나는 학교에서 돌아오면 늘상 이 택시를 끼고 놀았다.

학교를 가려고 가교로 새로 이은 한강 다리를 건너노라면 작은 발걸음에도 큰 소리가 났고, 지나가는 트럭들은 천둥 소리를 내었다. 가슴이 내 발자국 소리보다 더욱 큰 소리로 콩당콩당 뛰었다. 그렇게 강을 건너가 전차를 탔다.

시간이 흘러 풍금을 치던 형제들이 모두 제 갈 길로 떠나고, 집에는 나와 주홍색 풍금만이 덩그러니 남게 되었다.

나는 조심스럽게 발을 발판에 놓아보았다. 그리고 자세히 보니 그 반들반들한 뚜껑 위에 어렴풋이 내 얼굴이 보였다. 아무것도 제대로 하는 것이 없던 나의 바보 같은 얼굴. 선생님이 소설을 읽어주던 시간을 기다리곤 했던 나에게, 그토록 좋아했던 그 선생님조차도 학예회 때 나에게 단 한 줄의 대사만 주지 않았던가. 나는 외톨이였다.

그 후 나는 시간이 날 때마다 풍금을 쳤다. 풍금

은 기쁜 소리도, 슬픈 소리도 내었다. 나는 한참 후에야 풍금의 뒤편 한 구석에 총탄이 관통한 큰 상처를 발견했다.

아, 그랬구나. 이 주홍색 풍금은 자기의 가슴으로 우리의 집을 지키고 있었구나.

나는 이제 어른이 되었다.

어린 시절 나의 절친한 벗, 나의 위안자였던 주홍색 풍금은 지금 남아 있지 않다. 어느 시골 학교나 마을 교회에 가 있을지 모른다. 아니면 제 명(命)을 이미 다했을지도 모른다. 그러나 그 풍금은 우리 가족을 자신의 소리로 음악 속에서 풍요롭게 자라도록 했다. 지금도 나는 그 풍금이 지녔던 아름다운 소리와 함께, 그 총상의 의미를 내내 간직하고 있다.

위대한 유산

　부모가 자녀에게 무엇을 물려줄 수 있을 것인가라
는 문제는 예나 지금이나 가장 진지하게 생각해야
하는 문제이다. 몇 주 전에 둘째아들을 멀리 대학에
보내고 나서 나는 몹시 슬펐다. 첫째아이는 별로 멀
지 않은 곳에 진학해서 이다지도 마음이 아프지 않
았는데 이번에는 그 허전함이 말이 아니다. 그가 쓰
던 빈 방을 보노라면 더욱 그렇다. 하기야 둘째와는
아침마다 깨우느라고 실랑이를 일 년 넘게 했으니
그렇기도 하겠지.
　늦게 자고 새벽에 일어나기란 그리 쉬운 일이 아
닌 것을 알지만, 학교에 때맞춰 가는 것이 당연한 일
이기에 별 방법을 다해 그 애를 깨워야 하는 나나 서

로가 언짢은 일이기는 마찬가지였다.

한번은 둘째가 깨고 나서 기척이 없기에 가보니 화장실 마루에서 다시 곤히 잠들어 있지 않은가. 이를 보고 외할머니는 애비를 닮아서 그런 거라고 나를 원망하신다. 나는 참으로 잠을 달게 잔다. 그리고 어디에서나 졸기도 잘 한다. 거기에다 코까지 곤다. 그래서 민망하기도 하고 힐책을 받기도 한다. 둘째에게 나의 가장 좋지 않은 버릇을 물려준 것이다.

『전인적인 치유』의 저자 정태기 교수는 정약용 선생의 17대 손으로 오지의 섬에서 태어났다. 그 집안의 뼈대와 가풍은 그 섬에서도 대단한 것이어서 정교수는 개구쟁이 어린 시절에도 극진한 편애를 받았다고 한다.

그러나 같은 동네에서 일꾼의 자식으로 태어난 그의 죽마고우이자 동료 교수는, 섬사람은 물론 일꾼인 자신의 아버지로부터도 심한 체벌과 호된 꾸지람을 받으며 자랐다고 한다. 배운 것이 없는 아버지는 남들보다 자식에게 더 엄격했다. 혼을 낸 후에는 자식을 껴안고 울먹이며 너 잘 되게 하려고 했다면서 아버지의 자식 사랑을 재확인시켜주었다고 한다. 그 아버지는 막노동으로 지게를 지며, 그렇게 그 자식을 대학까지 보내셨다. 그 아버지의 바람대로 그는 정 교수와 똑같이 성장하고, 같이 대학에 진학하여 같은 대학에서 근무하다가 당당히 그 대학 총장에 뽑히는 영광을 얻게 되었다고 한다.

우리는 돈이나 집, 또 큰 재산을 자식에게 물려주었으면 하는 꿈, 혹은 욕심에 사로잡히기 일쑤다. 돈과 재산은 없어지기 쉬운 것이다. 그러나 그런 것보다 정작 물려주어야 할 것은 사람을 사람 되게 하는 양식이다.

나의 아버지는 부정이 횡행하던 시대에 고급 공무원으로 공직생활을 하셨다. 곧고 청빈한 품성의 아버지는 너무 얌전하고 고지식했던 것으로 기억된다. 언제나 조용히 독서하는 모습을 보이신 것 외에는 자식들에게 이렇다 할 추억과 얘깃거리를 남기지 못하고, 공무에 시달리다가 일찍 세상을 떠나셨다. 큰 누이들이나 형에게 듣기에는 바이올린과 트럼펫까지 하셨다는데 나는 한번도 보고 들은 기억이 없다.

어머님은 적극적이고 활달한 성격으로 이웃과 잘 어울리셨다. 그 어려운 전후의 시절에도 온갖 가축을 사랑하시어 집에서 기르시고, 꼽추춤의 대가이시며, 바느질 솜씨며 요리 솜씨 등 학교에서 가사를 가르키셨던 재주가 많으신 명랑하고 아름다운 분이셨다.

나의 부모님으로부터 나는 고고한 정신을 지키며 사는 것과 평화로운 가정의 소중함을 배웠다.

　나는 내가 자식들에게 무엇을 물려주어야 할 것인가 곰곰 생각해본다. 그렇지만 나에게서 자식들이 본받을 것이 있기나 한가 반문하기도 한다. 그러나 내가 물려줄 것이 있다면, 그것은 포리스트 검프와 같이 뛰는 습관이다. 나는 뛰면서 감사를 배웠고, 인내를 배웠고, 삶을 사랑하는 것을 배웠다.

　둘째에게 대학에 가면 열심히 뛰어보라고 했더니 뛰는 것은 질색이란다. 내가 말하는 본뜻을 알지 못한 듯해서 더이상 강요하지 않았다. 그런데 그가 학교 짐 속에 스쿠터를 집어넣는 것을 보았다. 둘째는 자기 방식으로 나를 받아들이고 있었는지도 모른다.

　무엇을 자식들에게 남겨줄 것이 있는지 자신이 없지만, 나는 그들에게 최소한 희망을 갖고 사는 법을 가르쳐주고 싶다. 아니, 희망의 상징이 되어주고 싶다.

축구 그리고 멋진 인생

나는 어려서부터 축구를 무척 좋아했다. 다섯 살 때는 전봇대에 기대어 서서 형들의 공놀이를 구경하다가 공에 머리를 맞아 심하게 코피를 흘리고 죽을 뻔한 적도 있었다. 그 후 내가 시험에 실패할 때마다 우리 어머님은 으레, 그때 머리를 다친 것이 내 머리를 아주 나쁘게 했다고 내내 아쉬워하셨다.

초등학교 때 우리 중에 뛰어나게 축구를 잘했던 학생이 바로 김정남 감독이다. 졸업 후에 한번도 만난 적이 없지만 늘 신문지상을 통해 그의 소식을 든는다.

의대 재학 중, 연고전 축구시합 때는 아무리 중요한 임상과 시험이 있어도 빠짐없이 관전하고, 경동에까지 어깨동무를 하고 몰려가 축제를 벌였던 기억이 난다. 그러나 그렇게 재미있던 축구 경기도 이름난 경기 외에는 관중이 없어 썰렁했었다.

지금 고국에서는 월드컵 축구 경기가 세계의 관심 속에서 성대히 열리고 있다. 얼마나 멋진 일인가. 세계에서 이름난 선수들이 자기 나라를 대표해서 경기를 벌인다니 가히 볼만한 구경거리임에 틀림없다.

세네갈이 프랑스를 이기고 영국과 스웨덴이 무승부로 끝나는 이번의 연속은, 무궁무진하게 흥미로운 경기가 앞으로 벌어지리라는 예감을 불러일으킨다.

우리나라 축구팀도 무언가를 보여줄 것만 같다. 이미 폴란드를 꺾어 위상을 보여줬지만 그 이상의 것도 기대된다. 명감독 아래 쌓아온 실력이 결실을 맺을 것임은 두말할 여지가 없다.

나는 한번도 나의 장인을 뵌 적이 없다. 그러나 일전에 서울을 방문했을 때, 우연히 그의 친구분으로부터 그분이 축구광이셨다는 이야기를 들었다. 그분은 운동에서 공부에 이르기까지 일본 학생들과의 경쟁에서는 무조건 이겨야 한다는 생각을 가지셨다고 한다. 일본 교수가 어려운 수학문제를 내놓으면, 일본 학생들을 제치고 그분이 제일 먼저 문제를 풀었을 뿐 아니라 운동장에서도 훨훨 날 듯이 축구를 하셔서 일본 교수의 자존심을 눌러줬다고 한다.

불행히도 40대에 암으로 운명하시면서도 TV로 축구 경기를 보셨다고 하니, 가히 그분이 축구를 얼마나 좋아하셨는지는 짐작할 수 있다.

나는 서서히 붐을 일으키는 미국 어린이들의 축구 경기를 가끔씩 구경한다. 동네마다 수많은 청소년과 어린이들의 축구 경기가 토·일요일에 각 학교 운동장에서 열리고 있다. 미국에 축구 붐이 일고 있음을 실감하게 한다. 특히 여자 어린이부터 청소년들의 경기도 아주 볼만하다. 무섭도록 열심히 경주하고 작전을 구사하는 이들을 보면서 머지않아 이 미국 땅에도 축구 경기가 많은 관중을 모으는 인기 있는 경기가 될 것임을 기대해본다.

그러나 무엇보다 축구 경기를 통해서 자라나는 어린이들이 얻게 되는 덕목이 중요하다. 서로 협력하여 골을 성취해가는 이 귀중한 협동정신은 장래의 사회 일원으로 더불어 살아가는 삶의 귀감이 되게 할 것이다.

행복을 가져오는 일들

　겨울 햇살이 나무 숲 사이로 빠져나와 시린 아침을 따뜻하게 한다. 이렇게 추운 겨울에는 햇빛만 볼 수 있어도 따스함이 저절로 느껴진다.

　새해에 들어서서 어떻게 하면 행복이 넘치는 한 해를 꾸려갈까 생각해본다. 우리는 행복을 만들어갈 수 있다고 믿는다. 정녕 그렇다면 무엇을 어떻게 해야 행복이 만들어지는지 알 것 같으면서 꼭 끄집어낼 수 없어 난감해지기도 한다.

　잘 생각해보면 지난해도 행복했었다. 하지만 뚜렷하게 무엇 때문인지 기억되지 않는다. 웬일일까. 행복은 오래도록 간직할 수 없는 감정이기 때문일 것이다.

행복은 만족스럽다는 감정일까. 그러나 사람들은 이 추운 겨울에 따스한 옷을 입고도 행복하다고 말하지 않는다. 세상 모든 것을 다 가진다고 해도 행복하다고 장담할 수 없는 것이다. 그런데 사람들은 사랑받기 때문에 행복하다고들 말한다. 그렇다면 어떻게 사랑받을 수 있을까.

진정한 사랑은 자기를 희생하는 행위이다. 바로 헌신만이 오래 남는 사랑을 낳는다.

나에게 좋은 친구가 있었다. 유명한 학교로 전학하는 바람에 먼 곳을 통학해야 했던 나에게 학교에 가는 것은 끔찍하게 싫은 일이었다. 친구도 없는 이 학교야말로 매일 도살장에 가는 것처럼 두려웠다. 그래서 걸핏하면 구실을 찾아서 결석하기가 일쑤였다. 그러다보니 숙제는 밀리고 학교는 더욱 가기 싫어졌다. 이때 이 친구가 먼 길을 마다않고 수시로 나를 찾아왔다. 그 추운 겨울에, 까만 동복에 맨발 차림으로 과제물을 가져다주기 위해 왔던 것이다.

나중에야 안 일이지만 그는 고아였다. 먼 친척집에서 도움을 받으며 지내는 불쌍한 아이였다. 나는 아직도 그 친구의 헌신적인 사랑을 잊지 못한다.

군대에서 훈련받을 때의 일이다. 40여 명의 내무반 동료들은 자기 것 챙기기에 여념이 없을 때였다.

나는 열심히 그들을 돌보아주었다. 특별 사역은 항상 내 차지였다. 기합도 자진해서 혼자 받았다. 나는 희생양이었다. 동료들도 으레 내가 해주어야 한다고 믿었다. 그런데 어쩐 일일까. 훈련 종료식장에서 나의 이름이 불리고 사단장은 내게 표창장을 주는 것이 아닌가. 그때의 복받치는 기쁨과 행복감은 이루 표현할 수 없었다.

헌신은 보상을 요구하지 않는다. 숭고한 목적이 있다면 그것은 사랑을 이루는 데 있다. 그리고 그 행위는 끝없는 인내와 결단이 요구된다.

올 겨울은 유난히 춥다. 행복은 저절로 오지 않는다. 행복을 가져다주는 일을 찾아야 한다. 이처럼 추운 겨울에 우리 모두 행복을 나눠 가질 수 있으면 한다.

이 친구의 아픔을

　주차장에서 병원 안으로 들어가는 구름다리는 끔찍이도 추웠다. 먼발치로 제임스강이 흘러가고 먼지 낀 유리 천장에는 시퍼런 하늘이 보인다. 너무나 변모한 병원은 오래 전에 이 대학병원에서 인턴과 레지던트를 했음에도 나에게 낯설기만 하다.

　11층 신경외과 병동에서 친구를 찾았다. 며칠 전 갑자기 쓰러져 입원한 그는 통증으로 다리를 쓰지 못했다. MRI검사로 종양을 찾아냈고 종양 제거와 척추수술을 기다리고 있었다.

　가난 속에서 어려움을 딛고 성공한 그는 일생을 참을성으로 산 사람이다.

　국비 장학생으로 대학을 마친 그는 조국에 대한

감사와 책임감으로 가득해서, 때로는 학교를 박차고 나가 정의 구현에 불타는 열정을 쏟기도 했지만 나중엔 운동권에서 나와 공부를 마쳤다.

그는 대학 졸업 후 공군에 입대하여, 국가에 진 빚의 반을 갚았다고 믿는다. 한동안 타군의 장성들 틈에서, 초급장교로서 공군 전략기획을 입안하여 새까만 중위를 보냈다고 불평하는 합참위원들의 입을 막았다니, 그의 기획이 얼마나 대단했는지 짐작이 간다.

그럼에도 불구하고 그는 상사들의 제대 만류를 물리치고 일반 기업체에 응시하여 세 번까지 면접을 받은 희한한 사람이었다. 2차 면접 때는 부장급 대우를 요구했고, 3차에서는 지금 대기업 회장이 되신 당시의 사장에게, '저의 꿈은 사장님이 은퇴하실 때에 제가 회사를 맡아 경영하는 것'이라고 말해, 그분이 즉석에서 부장 대우로 입사시켰다는 일화가 있다.

두 번째 그의 병문안을 갔을 때도 추위는 계속되고 있었다. 그는 이미 수술을 마치고 맨 아래층 암 치료소로 옮겨져 있었다. 아주 심각한 상태라고 생각하며 병실을 들어서는데 수술 후 며칠밖에 되지 않은 그가 침대에 앉아서 나를 반갑게 맞는다. 척추수술인데도 그렇게 일어나 앉다니 감탄이 절로 나왔다.

반기는 딸들의 얼굴에는 깊은 수심이 드리워져 있었다. 그러나 그는 기분 좋은 듯 회사에서 야구단을 창설하고 온 식구가 주말마다 선수들 뒤치다꺼리를 했던 추억을 신나게 얘기했다.

그는 잘나갈 때 유학을 꿈꿨고 쑥쑥 자라는 회사를 내놓고 이민길에 올랐다. 자기의 인생을 자기의 계획대로 하고 싶었던 것이다.

그는 원하는 대로 모든 것을 해냈다. 뼈빠지게 일해 일군 작은 사업도 번창했고, 딸도 잘 키워 시집보내 곧 손자를 보게 된다. 그는 이제 자기가 아닌 남의 삶을 위해 봉사하려는 꿈을 세우고 있다. 그는 오히려 그의 병이 결정된 계획의 일부라고 생각하고 아픔을 감내하고 있는지도 모른다.

얼마 후 다시 병문안을 갔을 때 그는 외출을 준비하고 있었다. 짐작대로 사랑하는 교회에 가서 주일 예배를 보기 위해서였다.

터널은 반드시 끝이 있다. 그렇고말고. 춥지만 새파란 하늘이 보이는 환한 그곳을 바라봐야지. 친구야, 장하다. 그 큰 아픔을 이기고 있으니! 어서 빨리 일어나 많은 사람들을 감동시킬 새로운 계획을 발표해보자.

암센터 건너편에는 옛 레지던트 숙소가 있다. 내

가 두 개의 비퍼를 차고 새벽 두세 시가 되어야 잠자리에 들고, 겨우 잠에 떨어질라치면 두 개의 비퍼가 요동을 쳐 침대에서 벌떡 일어나 길고 좁은 '지옥의 터널'을 뛰어 응급실, 병동으로 가던 악몽이 서려 있던 곳이다. 지금은 친구를 생각하며 그곳을 걷는다. 그는 살아야 한다. 그가 세운 그 숭고한 꿈을 실현하기 위해서라도.

유럽 특급

대영제국의 관문인 런던의 히드로 공항은 8월초인데도 불구하고 우중충하고 쓸쓸한 느낌이 든다. 공항 내의 의자들을 입힌 낡은 옷감 때문인지 궁핍함마저 느끼게 한다.

프린스 알버트와 트라팔가에 있는 영국 승리의 광장을 지나면서도 지난날 대영제국의 위엄과 영광을 느낄 수 없다. 좁고 옹색한 느낌을 주는 옛 거리들은 관광객들을 가득 태운 이층버스들로 가득 차 있다.

관광안내자는 영국인들이 식민지에 너무 많은 투자를 해서 국가가 가난해졌다고 비판한다. 그렇지만 영국 박물관에 전시된, 영국인들이 식민지에서 거둬들인 이집트, 그리스·로마제국의 거대한 유물들은 어떤 부와도 비교할 수 없는, 돈으로 환산할 수 없는 온세상과 맞바꿀 수 있을 정도의 엄청난 문화유산이다.

템스강의 워털루 브리지에는 〈애수〉의 낭만적인 그림자도 찾을 수 없었지만, 런던타워만은 케이크에 그려져 있는 동화의 모습대로 아직도 아기자기하다.

유로 급행열차를 타고 파리를 향해 질주했다. 산이 없는 구릉의 들판에는 경작되지 않은 밭과 목장이 끝없이 펼쳐져 있었다. 고르지 않고 듬성듬성한 푸른 벌판은 영국이 산업 개발에 게으름을 부린 결과처럼 보인다. 34킬로미터의 해저터널을 순식간에 지나 파리로 향했다. 영국의 낙후된 철로를 벗어난 기차는 짙푸른 유럽 대륙의 들판을 가로지른다.

파리는 그들의 화려하고 자랑스런 문화의 위용을 떨치고 있다. 탁 트인 길과 중세부터 근대까지의 오밀조밀한 주택들이 사열하듯 끝없이 이어진다. 창마다 발코니는 만개한 꽃들로 아름답다.

루브르 박물관이 첫 번째 목표다. 수많은 그림 속에 ‘나폴레옹의 전사’가 있다. 알프스산을 넘으며 헐떡이는 애마와 배의 통증으로 영웅답지 않게 지친 인간 나폴레옹의 그림은 진짜 그의 모습일까.

오르세 미술관의 중국계 건축의 거장 이언페의 그 유명한 유리 피라미드가 고전적인 건물 앞에 있는 게 조금은 의아스럽기도 하다. 루브르 박물관의 '모나리자'는 자신을 보러 온 인파에게 오늘도 신비스런 미소로 인사한다. 한 프랑스 여인이 손짓으로 저쪽 구석으로 가면 모나리자를 더욱 잘 볼 수 있다고 해서 그곳에 서본다. 그녀는 여전히 은은한 미소로 세기가 바뀌어도 여전히 세상 사람들을 감동시킨다.

베르사유 궁전에서 우리는 프랑스의 대혁명을 일으키게 한 그 사치스러움과 화려함의 극치를 박물관으로 바뀐 모습으로나마 상상해볼 수가 있다.

마침, 고국에서 온 어린이 방문단이 세계의 역사를 견학하고 있다. 대견스럽다. 어린아이들일지라도 우리도 프랑스 사람들처럼 역사와 문화를 잘 보존하여 만방에 자랑해야겠다는 생각을 가지고 갈 것이다. 조상을 잘 둔 덕분으로 이미 붕괴된 역사를 가지고도 유럽 여러 나라는 손쉽게 관광 수익을 얻고 있지 않은가.

부지런히 몽마르트르 언덕을 올라간다. 신부들이 참회의 뜻으로 무릎으로 올라갔다는 그 제단들은 가파르다. 민족의 영웅 잔 다르크가 아래로 굽어보고 있다. 무명 화가들이 다가와서 30분 안에 초상화를 그려주겠다고 졸라댄다. 이곳에서 주름잡던 프랑스 화가들의 후예들도 어느 구석에서인가 지금도 열심히 습작을 할 것이다.

파리의 신도시 라 데팡스는 프랑스가 명예를 건 신도시 걸작물이다. 차가 없는 거리, 아름다운 조형물, 조각, 건축들이 공간을 가득 메운다. 가히 프랑스가 내놓을 만한 현대 걸작이다. 신도 칭찬할만할 곳이다. 차는 모조리 지하에 두어 사람들만이 길거리를 마음대로 활보한다. 인상적인 개선문과 흡사한 빌딩이 세워지고 빈 공간에 배를 상징하는 돛과 돛대가 혹 아직도 개선문을 지나고 싶은 나폴레옹의 병사를 기다리는 것일까.

고속철도를 타고 벨기에의 브뤼셀로 달려서 동방박사 세 사람의 유해가 보존됐다는 래론 성당에 닿았다. 뾰족뾰족한 고딕 양식의 고색창연한 성당은 종교가 역사를 지배했던 과거의 모습을 재연하듯 위엄있어 보인다.

라인강 언덕마다 백여 개가 넘는 크고 작은 고성들이 강을 굽어보고 있고, 지금도 그 옛날 성주들을 섬기는 기사들의 말발굽 소리가 들릴 것만 같다. 봉

건 제후의 영광과 몰락, 30년 전쟁, 구교와 신교의
투쟁, 십자군 전쟁을 치르면서 장엄하던 성곽들도
허망하게 허물어지고, 귀부인들의 열렬한 사랑을 독
차지했던 기사들도 몰락하여, 이 강가를 헤맸다는
눈물과 피의 옛 라인강. 언덕에 앉아서 노랫소리로
뱃사공을 홀렸다는 그 어여쁜 여인 로렐라이는 이제
동상이 되어서 지나가는 사람들을 묵묵히 지켜볼 뿐
이다.

하이델베르크의 성 속에 숨겨진, 제후의 애틋한
사랑 때문에 영국에서 어린 나이에 시집온 공주를
달래기 위해 하루 저녁에 지었다는 사랑의 문, 왕녀
와 사랑을 속삭이다 도망가려고 뛰어내려 생긴 발자
국, 지성의 대학 하이델베르크를 지나며 황태자의
첫사랑의 노래를 듣는다.

마틴 루터가 95개 조의 항의문을 쓴 이후 당대의
유명한 논객과 논쟁에서 졌던 광장에서 루터가 느꼈
을 분노를 느끼면서, 신교와 구교가 성당을 갈라서
반반씩 예배를 보았다는 성당을 바라본다. 기독교를
국교처럼 여겨 종교세를 내야 한다는 독일 사람들은
이제 라인강의 기적으로 2차대전의 아픔을 딛고, 번
영하는 독일을 세워간다.

아이젠하워 장군의 하이델베르크는 폭격하지 말

라는 명령으로 역사의 일부를 그대로 간직할 수 있
게 되었던 도시는 아직도 그곳에서 역사와 전설을
자랑하고 있었다.

어머니

어머니

어머니를 생각할 때면
제 마음은 저려옵니다

적삼을 적시며
새벽같이 뜨락에 나서서
모란, 작약, 라일락, 장미 정원을 가꾸어
철따라 집 안을 꽃향기로 만드셨던
우리 어머니

바깥 길이 내다보이는
높은 대청마루에 앉아
미국 간 아들이 언제나 돌아올까
이제나 저제나
기다리셨다던
어머니

세월에 낡아버린
대문을 밀치고
어머니께 달려갔을 때
칠흑 같은 머리를 틀어올렸던
그 모습은 어디 가고
겨드랑이가 훤히 드러난
어머니의 저고리가
슬프게 보인 때가 있었습니다

명절날마다
가족들을 즐겁게 해주시려고
등에 바가지를 넣고
곰방대를 입에 무시고
꼽추춤을 근사하게 추시던
모습이 선합니다

어머니가 남기신
구절구절 색연필로 주를 달아놓은
어머니의 오래된 성경책 안에
색바랜 제 사진이 단단히
붙여져 있고
희미해가는 어머니의 필적이
여기저기 담겨 있는 가계부에는
저에게 주신
용돈 액수도 자주 보였습니다

부끄럽습니다

야단하지 않으시고
매를 들지 않으셨음은
제가 그저 철들기만을
마냥 바라셨음이겠지요

곽주부 말마따나
크게 성공한다는 제가
겨우 이 지경이니
이를 어찌해야 합니까

제 자식 간신히 거느리며
어머니가 안 계신 지금에야
이제 겨우 철들었는지
힘든 내색 없이
아들딸 여덟을 기르신
우리 어머니
우리가 죽어도 못 따라갈
어머니의 하늘 같은 사랑을
지금에서야 알 것 같습니다

꽃

꽃씨가 바람에
날려가
자기도 모르게
그곳에 자리잡고
아름다운 꽃을
피웠습니다

어디론가 떠나야만 했던
우리들처럼
그렇게 부풀은 꿈을 키웠습니다

꽃은 떨어지고
꿈이 사라진다 해도
슬퍼하지 마십시오
열매 맺는 계절이
있을 테니까요

그 소리

떠돌다 어느새
여기에 왔나
밤마다 드나들던
고향 생각
멈출 수 없어
하늘 끝을 바라본다

그리운 친구 옛 모습마저
잊혀져가는 세월

너도 가고
나도 가고

멀고 먼 바다에
추억을 깊숙이
빠뜨려서

가슴을 열면
들려오는
그 소리
차가운 가을
바람을 맞고서
국화꽃이 피는
소리

햄톤로드

바다가 그리워지면
그 길로 갑니다

하늘이 멀리 내려앉은
바다 위에는

길고 긴
다리가 있습니다

보고 싶은 사람
잃어버린 사람
떠나간 사람

모두
저 바다
저 다리로 사라졌습니다

영영
돌아오지 않을
사람들을 기억하며

바다 속에
잠겨 있을
그 그림자들을
찾아 헤맵니다

그림자

그림자는 어두움의 일부이다
뒤로 처져 있어
처연하게 길어 보인다

눈물로 스며드는
어두움 때문에
스스로 어두워진다

행여
빛이 떨어질 때
가두어둘 수는 있지만

새벽이면
부지런히 키를 줄인
인생 속에서
그림자 없는

행복한 사람들
더욱더 사랑할 때

어두운 그림자는
온데간데없이 사라진다

한 마리 새의 죽음

한 마리 새가
보도 위에 누워 있다
차가운 바람이
갈색 깃에 나부낀다

목덜미에 드리운
하얀 줄무늬가
애처롭다

하늘 위에
작은 영혼을
올려보내고

여기 찬 땅 위에
고요히 몸을
눕히고 말았다

아, 리치먼드여!

역사의 영욕이 깊이 묻힌
이 도시에
우리는 영문도 모르고
20여 년 살고 있습니다

아직도 낯선 곳에
봄 여름 가을 겨울이
때를 따라 왔다가 갑니다

기쁨 슬픔 노여움 두려움 다툼
이 모든 것을
외로운 가슴에
남몰래 안고서

세월이 다하도록
살 수밖에 없어

혹시나 활짝 열고 반기는
다른 곳을 찾아봅니다만

여기 보이는 것은
높은 하늘과
끝없는 숲과
그리고 사람이 만들어놓은
벽뿐입니다

그래도 우리는
이곳에서 뜨겁게 서로
안는 방법을
배워야 하겠지요

흐르는 강물처럼
그냥

서로를 품어야 하겠지요

삶이라는
희망 속에서

주홍색 풍금

지은이	양민교
펴낸이	양숙진

초판 1쇄 펴낸날   2006년 1월 6일

펴낸곳	(주)현대문학
등록번호	제1-452호
주소	130-905 서울시 서초구 잠원동 41-10
전화	516-3770
팩스	516-5433
E-Mail	book@hdmh.co.kr/webmaster@hdmh.co.kr
홈페이지	www.hdmh.co.kr

찍은곳   대한교과서주식회사

ⓒ 양민교, 2006

값 9,000원

ISBN 89-7275-343-2 03810